加速世界

Accel World

17 星之搖籃

川原 礫

插畫 / HIMA

Kadokawa Fantastic Novels

■黑雪公主＝梅鄉國中的學生會副會長，是個清純又聰慧的千金小姐，真實身分無人知曉。校內虛擬角色為自創程式「黑鳳蝶」，對戰虛擬角色為「黑之王」＝「Black Lotus」（等級9）。
■春雪＝有田春雪。梅鄉國中二年級生，體型略胖，遭人霸凌。對遊戲很拿手，但個性內向。校內虛擬角色為「粉紅豬」，對戰虛擬角色為「Silver Crow」（等級5）。
■千百合＝倉嶋千百合。跟春雪從小就認識，是個愛管閒事又活力充沛的少女。校內虛擬角色為「銀色的貓」，對戰虛擬角色為「Lime Bell」（等級4）。
■拓武＝黛拓武。跟春雪及千百合從小就認識，擅長劍道，對戰虛擬角色為「Cyan Pile」（等級5）。
■楓子＝倉崎楓子，曾參加上一代「黑暗星雲」的資深超頻連線者。前「四大元素(Elements)」之一，司掌風。因故過著隱士般的生活，但在黑雪公主與春雪的勸說下回歸戰線。曾傳授春雪「心念」系統。對戰虛擬角色是「Sky Raker」(等級8)。
■謠謠＝四埜宮謠。參加上一代「黑暗星雲」的超頻連線者。名列「四大元素(Elements)」之一，司掌火。是松乃木學園國小部四年級生。不但能運用高階解咒指令「淨化」，還很擅長遠程攻擊。對戰虛擬角色為「Ardor Maiden」(等級7)。
■Current姊＝正式名稱為Aqua Current，本名冰見晶。是前「黑暗星雲」旗下的超頻連線者「四大元素（Elements）」之一，司掌水。人稱「唯一的一(The One)」，從事護衛新手的「保鏢(Bouncer)」工作。
■Graphite Edge＝本名不詳。是前「黑暗星雲」旗下的超頻連線者「四大元素」之一，真實身分至今仍然不詳。

■神經連結裝置＝以量子無線方式與大腦連線，透過影像與聲音等方式，對所有感官都能提供訊息的攜帶型終端機。
■BRAIN BURST＝黑雪公主傳給春雪的神經連結裝置內應用程式。
■對戰虛擬角色＝玩家在BRAIN BURST內進行對戰之際所控制的虛擬角色。
■軍團＝Legion。由多名對戰虛擬角色組成的集團，以擴張占領區域及確保利權為目的。主要軍團共有七個，分別由「純色七王」擔任軍團長。
■正常對戰空間＝指進行BRAIN BURST正規對戰（一對一格鬥）用的場地。儘管有著直逼現實的高規格重現度，但遊戲系統則與上個世代的格鬥遊戲相差無幾。
■無限制中立空間＝只允許4級以上對戰虛擬角色進入的高等級玩家用場地。其中的遊戲系統規模遠超出「正常對戰空間」之上，自由度比起次世代ＶＲＭＭＯ遊戲也毫不遜色。

■運動指令體系＝用以控制虛擬角色的系統，正常情形下對於虛擬角色的控制都由這個系統處理。
■想像控制體系＝透過堅定想像意念（Image）來控制虛擬角色的系統。運作機制與正常的「運動指令體系」大不相同，只有極少數人懂得如何運用，是「心念」系統的精要。
■心念（Incarnate）系統＝干涉BRAIN BURST的想像控制體系，引發超越遊戲格局之現象的技術。又稱做「現象覆寫（Overwrite）」。

■加速研究社＝神祕的超頻連線者集團。不把「BRAIN BURST」當成單純的對戰遊戲而另有圖謀。「Black Vise」與「Rust Jigsaw」等人都是這個社團的成員。
■災禍之鎧＝名喚Chrome Disaster的強化外裝。一旦裝備上去，就可以使用吸取目標HP的「體力吸收」與透過事前運算來閃避敵方攻擊的「未來預測」等強力技能，但鎧甲擁有者的精神會遭到Chrome Disaster汙染，進而完全受到支配。
■Star Caster＝Chrome Disaster所拿的大劍，有著兇惡的造型，但原本的外形可說名符其實，是一把意象莊嚴，有如星星般閃閃發光的名劍。

■ISS套件＝ＩＳ模式練習用（Incarnate System Study）套件的縮寫。只要用了這種套件，任何超頻連線者都能夠運用「心念系統」。使用中會有紅色的「眼睛」附在虛擬角色的特定部位上，散發出來的黑色鬥氣就是象徵「心念」的「過剩光(Over Ray)」。

■「七神器」(Seven Arcs)＝指「加速世界」中七件最強的強化外裝。包括大劍「The Impulse」、錫杖「The Tempest」、大盾「The Strife」、形狀不詳的「The Luminary」、直刀「The Infinity」、全身鎧「The Destiny」與形狀不詳的「The Fluctuating Light」。

■「心傷殼」＝包覆對戰虛擬角色根源所在之「幼年期精神創傷」的外殼。據說若外殼格外堅固厚重，安裝BRAIN BURST後就會塑造出金屬色的對戰虛擬角色。

■「人造金屬色」＝不是從玩家的精神創傷中自然誕生，而是由第三者加厚其「心傷殼」，人為創造出來的金屬色虛擬角色。

■「無限EK」＝無限Enemy Kill的簡稱。是指在無限空間因強力公敵導致對象虛擬角色死亡，經過一段時間復活後再次被殺，陷入無限地獄的迴圈。

Accel World

1

你絕對一句話也別說啊。

你絕對要乖乖聽到最後。

你絕對要靜靜聽著才行喔。

你絕對不能生氣喔，不管發生什麼事。

——儘管軍團團長與三名幹部如此再三叮嚀，但春雪從看到他身影的瞬間，就得拚命對抗心中一股想衝上去揪住他胸口，卯足全力往他臉上來一記右直拳的衝動。

二〇四七年七月七日，週日。

這次已經是今年第三次召開的七王會議，與上次及上上次一樣，是由藍之團（獅子座流星雨）的Cobalt Blade與Mangan Blade開啟對戰而展開。

獅子座流星雨出席的是藍之王「劍聖」Blue Knight與兩名近衛劍士。

綠之團（長城）出席的是綠之王「絕對防禦」Green Grandee與副手Iron Pound。

紫之團（極光環帶）出席的是紫之王「紫電后」Purple Thorn與副團長Aster Vine。

黃之團（宇宙祕境馬戲團）出席的是黃之王「輻射幻惑」Yellow Radio，以及一名初次見到的嬌小女性行虛擬角色。

紅之團（日珥）出席的是紅之王「不動要塞」Scarlet Rain及副團長Blood Leopard。

黑之團（黑暗星雲）出席的是黑之王「絕對切斷」Black Lotus、副團長Sky Raker，另外還帶上了Silver Crow與另一人。

最後白之團（震盪宇宙）出席的是白之王「剎那永恆」White Cosmos的全權代理者——Ivory Tower。

春雪自身不曾和這一副魔導師風貌的Ivory Tower直接交談過，只在以前的會議中，聽他出聲講過少少幾句話。儘管如此，當這輪廓異樣細長的虛擬角色無聲無息地出現在議場，春雪立刻就被一股壓倒性的激憤貫穿全身，無法不握緊雙拳。

原因很簡單，因為事實已經擺在眼前。

這個事實就是——Ivory Tower乃是在加速世界中散播渾濁惡意與混亂的「加速研究社」高層幹部。

七天前，春雪得知了一個可怕的事實——他們抗戰長達三個月之久的加速研究社，乃是白之團的內部組織。也許大部分團員對此並不知情，但Ivory Tower有著足以代理王出席的地位，他不可能不知情。

在六月十六日舉辦的第一次七王會議上，討論到研究社社員Black Vise與Rust Jigsaw闖進赫密斯之索縱貫賽的那件事時，Ivory Tower就曾以一臉不知情的表情提出疑問：

「這個在活動中解放心念，把觀眾都捲進『空間侵蝕』之中的超頻連線者，到底是哪裡來的什麼人，又有什麼目的呢？」

現在春雪知道這段發言包著一層多麼巨大的欺瞞。因為他理應對Rust Jigsaw的名字和目的，都知道得非常清楚。但他卻裝蒜裝得如此徹底，這種膽力也許反而值得稱讚。

不，Ivory Tower的意志力非比尋常的這一點，就在當下這一瞬間，仍在持續得到證明。

白之王應該已經告訴過Black Vise、Argon Array，以及Ivory Tower這些幹部。告訴他們說，她已經和黑之團的團員打了照面，告知自己就是加速研究社的首腦。

也就是說，Ivory Tower明明應該知道他們的祕密已經被春雪等人知曉，卻仍若無其事地坐在七張椅子之中的一張上。

從這個存在感還是一樣稀薄的對戰虛擬角色身上，感受不到半點緊張與動搖。不僅如此，就連活生生的超頻連線者理應體現在虛擬角色身上的意識與思考等跡象，也完全感受不到。簡直像是一個人形的公敵，甚至像是用大理石雕成的雕像……

「——好像都到齊了，差不多可以開始了吧？」

Blue Knight語氣隨和，嗓音卻強而有力地響起，讓春雪全身一震。站在他身旁的楓子以左手指尖輕輕碰了他一下。春雪覺得聽見師父說了聲：「鎮定點」，於是在心中回答：「是」。

很遺憾的，此時此地，他們無法指控Ivory Tower與白之團。

黑雪公主事前對諸王報告的內容有以下三點。

他們靠著Silver Crow學會的抗雷射攻擊特殊能力，擊破了把守中城大樓的大天使梅丹佐。

也擊破了設置在中城大樓四十五樓的ＩＳＳ套件本體。

以及隨著本體遭到破壞，現存的所有套件終端機都已癱瘓——

也就是說，對於推測就是白之團大本營所在的那間女校裡所展開的「另一場戰鬥」，都完全不能提及。理由當然是因為他們沒有任何一項證據，可以證明白之團是用來掩護加速研究社的幌子。要是貿然發言，反而會受到質詢，甚至可能會因為毀謗而受到處罰。

——總有一天，我一定會抓住他們的狐狸尾巴。在這之前必須忍耐。

就在春雪這麼告誡自己的同時，藍之王在圓形議場的另一頭，帶出鎧甲摩擦聲站起。

「首先，就從各軍團的調查報告聽起吧……不對，反過來這樣問也許比較好。有沒有人在這一週之內，看過還能動用心念的ＩＳＳ套件使用者？」

沒有一個人舉手。

黑雪公主、楓子、晶與謠歷經激戰而破壞了套件本體，所以會有這樣的結果是理所當然，但春雪仍然在護目鏡下鬆了一口氣。

藍之王也緩緩點頭，略微放緩語氣說：

「那應該也就不用一一去聽各個軍團的報告了吧。那種眼球……ＩＳＳ套件，在本體遭到破壞的同時，一個也不剩地消失了。雖然黑之王瞞著我們跑去對中城大樓特攻的這種舉動，我是很想講她幾句，不過說來Lotus的一意孤行也不是今天才開始的。」

「你這麼說可就太冤枉人了，劍聖。」

坐在現成椅子上的黑雪公主輕輕攤開雙臂說：

「我們在上次會議中接下的請求，應該是要Silver Crow學會『理論鏡面（Theoretical Mirror）』的特殊能力，用這種能力防禦大天使梅丹佐的雷射——我可沒聽說實際進行攻略戰，還得經過你們許可。」

「我們的確是沒這麼說啦。可是照常理來說，應該不會有人想要只靠六七個人就去挑戰那種怪物吧？」

藍之王苦笑完，紫之王就以帶刺的聲調接過話頭：

「還不就是貪心又愛出風頭？反正她一定是覺得只要能單靠他們軍團就打倒那個大傢伙，不但軍團的名聲會提昇，還可以獨占打倒公敵得到的超頻點數和物品。」

「哼哼哼，的確是，畢竟以前從不曾有過在『地獄』以外的空間打倒那隻怪獸的案例啊。或許有掉出什麼很棒的物品呢。」

黃之王一插嘴，陪侍在他身後的嬌小少女型虛擬角色就讓身體搖搖晃晃地，以幼兒似的嗓音連連說著：「呢～呢呢呢～！」她的姿勢之所以不穩定，是因為坐在一個顏色很花俏的球上。從她一身檸檬綠的緊身衣款裝甲，以及有著大毛球的尖帽來看，這個對戰虛擬角色似乎是以馬戲團的踩球少女為藍本而塑造出來的。

劍之主受到譏諷，固然讓春雪大為憤慨，但並未讓他忘我地出聲反駁。因為他的思路有一半都被另一種擔心所支配。

——呃，各位，請你們不要一直講什麼怪物、大傢伙還是怪獸之類的。

就在春雪在內心拚命朝著諸王這麼呼籲的同時——

一個有如天堂鐘聲般清澈，又有如冥界暴風雪般冰冷的女性嗓音，在他腦海正中迴盪。

「那幾個藍色、紫色和黃色的，似乎活得不耐煩了。」

說話的就是搭在春雪左肩上的「另一人」。

這個由紡錘狀本體、淡淡的光環，以及一對翅膀構成，全長約五公分左右的小小圖示——就是先前議題中提到的神獸級公敵「四聖／大天使梅丹佐」。

「我的僕人Silver Crow，立刻把那些無禮之徒打個半死。」

「不…………」

春雪差點實際出聲，接著才切換成思念大喊：

「不……不要強人所難啦！他們幾位超強的好不好！」

「再怎麼強，還不過就是小戰士程度的強。」

「這……這從妳的角度來看也許是這樣沒錯啦……」

「夠了，真令人心焦。要是我取回本來的力量，一秒鐘就能把他們燒成焦炭了。」

「這樣會讓加速世界變成戰國時代，千萬不要啊！」

——儘管在腦內展開這種令他冷汗直冒的對話，但事隔數日後能再度與梅丹佐交流，仍讓春雪內心深處感到一陣淡淡的溫暖。

從他們在東京中城大樓與港區戰區女校的舞台上，與加速研究社展開的連場激戰，很快地到今天已經過了一週。

本來以為梅丹佐已經從災禍之鎧MarkⅡ最強大也是最後的一次攻擊中，為了保護春雪而消失，但後來在一個自稱是「某某照」的神祕聲音引導下而得以復活。然而由於梅丹佐為了抵銷強大的虛無屬性之力，幾乎完全將自身存在轉換成了光屬性能量，因此幾乎失去了所有的戰鬥能力。現在她頂多只能以這種小小立體圖示的模樣實體化，而且得由春雪確立連線後呼喚，否則她就無法出現。之所以會把梅丹佐叫來這會議現場，是希望請她看看諸王，尤其是希望她看看Ivory Tower。

現在梅丹佐身為公敵的實體，是以「第一型態」存在於無限制中立空間的芝公園地下大迷宮，別名兩極大聖堂（Contrary Cathedral）的最深層。

對於第二型態，也就是梅丹佐的本體而言，巨大的第一型態似乎就像一種「有自動戰鬥功能的強化外裝」，作為最終頭目來迎擊進攻迷宮的超頻連線者是沒有問題的。然而萬一有人達成「在地獄空間以外打倒第一型態」的隱藏條件，接著就非得由梅丹佐本體出面應戰不可。她說：「在喪失了大部分力量的現況下，我自己的戰鬥力多半遠不如第一型態。」也就是說，一旦發生這種情形，連本體都遭到擊破的可能性是非常高的。

公敵即使死去，等變遷發生就會復活。但復活的終究只是同種的另一個個體，並不會延續生前的記憶。現在這個反覆思量了足足八千年，稱自己為「Being」，與春雪建立關係的梅丹佐將會完全消失。

要不利用地獄空間的削弱效果來打倒第一型態，幾乎是不可能的。而且封印在兩極大聖堂當中的神器「The Luminary」也早已被人拿走，怎麼想都不覺得還會有超頻連線者會特意去挑戰這個迷宮。

但可能性終究不是零。只要想出辦法反射大口徑雷射「三聖頌(Trisagion)」，即使不在地獄空間，也一樣有可能打倒第一型態，這點春雪已經親自在一週前證明過。至少在場的諸王與幹部，都已經知道這個事實。

當然他們並未將梅丹佐本體的出現條件告知其他軍團。對於和他們並肩作戰的紅之團仁子與Pard小姐，也已經拜託過她們保密。然而高等級玩家不僅是強悍的戰士，同時也是身經百戰的老玩家。就算有人想到只要在地獄以外的空間打倒第一形態就會發生某種變化，也沒什麼稀奇的。

沒錯，而且加速研究社就以「The Luminary」的力量，馴服了梅丹佐的第一型態，將她從迷宮拖了出來，他們也許是知道出現條件的。他們有可能再次馴服第一型態來加以利用，又或者會將她定在馴服狀態加以擊倒。

——得趕緊採取對策才行。等梅丹佐消失就太遲了。

——這次要由我來保護她。絕對……絕對要保護她。

搭在左肩上的圖示似乎感受到了春雪的擔憂與決心，停下了表示憤慨的頻頻拍動翅膀動作。

「……當僕人的你要為我擔心，還早了一千年呢。」

迴盪在腦中的嗓音還是一樣冷淡，但少了帶刺的感覺。春雪覺得心思被讀出來實在挺難為情，但仍不及細想就反駁說：

「僕人擔心主人是理所當然的。」

「我就是在說你這種態度太囂張。」

春雪以思念進行這種交談的同時，議場上的諸王仍在繼續議論。

「——不管怎麼說，在最後關頭阻止ＩＳＳ套件大規模感染的功勞，確實屬於黑暗星雲。這點我們就老實承認吧。」

聽到藍之王這麼說之後……

「三年前的背叛可不能就這麼一筆勾消就是了。」

紫之王出言牽制之餘仍點了點頭，讓場上的氣氛微微舒緩下來。黃之王似乎也不打算繼續舊事重提。

綠之王按照慣例口不動如山，而知道所有內情的紅之王也雙手抱胸，一副不打算多嘴的模樣。眼看關於ＩＳＳ套件的議論就此告一段落，卻在這時……

靜靜坐在從春雪看去算是左前方的象牙色虛擬角色，慢慢舉起了右手。

「請問，我可以發言嗎？」

以悠哉的聲調說出這句話的，就是全權代理白之王參加會議的Ivory Tower。他的嗓音很沒有特色，只聽得出多半是男性。藍之王一點頭，他就轉動那塔狀的尖椎頭說下去：

「東京中城大樓的ＩＳＳ套件本體已經由黑之王破壞，所有套件終端機也遭到癱瘓，這兩件事我明白了。可是，這應該不值得慶賀吧？整件事的幕後黑手——加速讀書會……不對，是研究社？我們對這群人要採取什麼因應措施？」

春雪聽了他的口氣，再度被逼得又得卯足所有意志力來壓抑自己。

——你竟然好意思講這種話！

春雪至少在自己腦海中盡情吼出這麼一聲，勉強讓心情鎮定下來後，才小聲對身旁的楓子問道：

「……請問師父，那傢伙是打什麼主意？」

Ivory Tower極有可能就是加速研究社的同夥，這點楓子當然也很清楚。她仍然面向前方，以春雪的聽覺勉強能捕捉到的音量小聲回答：

「不知道會不會是在對我們挑釁？我想多半是企圖激得我們指控白之團，然後再反咬我們一口。」

「也就是抓準我們沒有根據……是吧？嗚嗚，要是我們可以拿出完美的鐵證就好了……」

「白之王闖進來打斷我們開會時，我就想過要用重播卡來錄影，但很遺憾的是她用的不是本尊的虛擬角色。而且，要從道具箱拿出卡片而不讓她發現也非常困難。」

所謂的重播卡，就是用來記錄畫面的卡片物品。半年前的第五代Chrome Disaster事件中，黃之王Yellow Radio用來讓黑雪公主動搖，這件事就讓春雪記憶猶新，但春雪自己別說使用，連如何取得都不知道。

「……請問，這重播卡，是要從哪裡拿到？」

春雪更小聲地這麼一問，楓子就微微一笑回答：

「當然是『商店』嘍。」

「啊，這……這樣啊。」

「可是，鴉同學暫時還禁止進入商店就是了。」

「是……是的……」

聽說無限制中立空間——又稱Mean Level——當中，似乎有著叫作「商店」的物品販賣處。春雪的興趣就是逛復古遊戲店，自然對這商店很有興趣，但黑雪公主與楓子以想也知道他一定會浪費點數亂買東西為由，對他下了禁止出入令。只是春雪過去就曾因為貿然升級而差點喪失所有點數，自然也不敢抱怨。

正想著這樣的念頭，就聽到梅丹佐的嗓音迴盪在腦海中。

「如果你們所謂的商店，就是存在於Mean Level的物品商，那麼最好是極力避免接近。」

「咦……為……為什麼？」

「因為那也是一種用來篩選你們小戰士的裝置。」

「篩選……我們……？」

春雪一直嚮往著有朝一日，要在從未見過的商店裡大肆選購一番，沒想到會聽梅丹佐說出這種話，覺得十分不解。但左肩上的圖示說完這句話就沉默不語，他只好將意識的焦點拉回諸王的談話上。

「你給我等一下，不要因為你是代理，就說得好像不關你的事。」

紫之王對Ivory Tower的發言做出這樣的反駁後，將右手的錫杖——七神器之一「The

Tempest」的底端往地上碰出高亢聲響，然後用她那如同棘刺之名的帶刺嗓音連珠砲似的說道：

「追根究柢來說，放了ＩＳＳ套件本體的東京中城大樓，明明就位在震盪宇宙的領土內吧？那麼第一個應該想辦法處理的，不就是你們軍團嗎？結果你們全都丟給別人處理，偵察丟給長城，進攻丟給黑暗星雲，現在你還想要我們幫忙處理所謂加速研究社那幫人？」

這番話雖然出自諸王中最敵視Black Lotus的Purple Thorn之口，但只有現在，連春雪也無法不在心中大喊：「多講幾句！」

白之團不參加中城大樓攻略戰，是理所當然的。因為將ＩＳＳ套件本體設置在那個地方，還馴服梅丹佐第一型態來把守的元凶，就是白之王。

但Ivory Tower自然不會自己說出這件事。春雪將視線投注在這象牙色的魔導師身上，想看他打算怎麼躲過紫之王的逼問。只要他有一句話說錯，相信黑雪公主一定會立刻切入疑點追問。

然而稍後他發出的嗓音，卻和先前同樣悠哉。

「妳這麼說我們也很為難，畢竟事情發生在看不見戰區界線的無限制中立空間。我們和極光環帶不一樣，並不在無限制中立空間主張支配權。實際上我們對於長城和黑暗星雲在港區戰區內的活動，不也完全不加以干涉嗎？」

「那不就表示你們什麼都沒做？還有，我們之所以在無限制中立空間禁止擅自入侵特定戰區，是因為已經有很多個笨蛋跑到銀座的高階商店密集地帶亂買東西，買到幾乎不剩什麼點數，結果回程碰到公敵就掉光點數。」

「這不是當事人應該自行負責的嗎？過度的保護會妨礙年輕人的成長。紫之王，還請妳了解什麼都不做也是一種貢獻。」

Ivory Tower這種吃定人的口氣，讓侍立在Purple Thorn身後的副團長Aster Vine震響一身軍服狀的紅紫色裝甲，往前踏上一步。

「你這傢伙是看不起我們嗎？說要對付加速研究社的不是你們嗎？那麼你就別只會推拖，說點有建設性的意見來聽聽如何！」

「可以的話我也很想這麼做，但遺憾的是我們對這所謂加速研究社並未掌握任何情報，也就無從提供意見。」

所謂睜眼說瞎話指的就是這種情形。春雪也滿心想衝到Ivory身前大聲指責，但仍告訴自己說這樣會正中Ivory下懷，勉力忍了下來。

由於領土相互接近，白之團與紫之團多半從以前就有過許多摩擦。看到他們起的口角，Blue Knight搖搖頭，Yellow Radio賊笑兮兮，仁子與黑雪公主則始終靜觀其變。

然而打破這沉重沉默的嗓音，卻只有春雪聽得見。

「那個小戰士……有點奇怪。」

聽到左肩的立體圖示發出這樣的喃喃自語，春雪一邊看著對峙的Aster和Ivory，一邊用思念反問：

「妳說奇怪……是指哪一個？」

「白白的那個。數值上的戰鬥力明明比藍色或紫色的小戰士低得多，卻只有資料量異常地龐大……」

「資料量……？」

這指的會是仁子所說的「資料壓」嗎？春雪凝神細看坐在現成椅子上的Ivory Tower，但完全感受不到諸王身上散發出來的那種壓力。甚至覺得他的存在感，比Aster Vine與Cobalt Blade等各陣營幹部玩家還稀薄得多。

但話說回來，既然他是白之團——加速研究社的高階成員，也就可以肯定他絕非等閒之輩。春雪正集中精神去感覺，就聽到梅丹佐再度開口：

「如果能從highest Level看看那個小戰士，倒是可以知道很多事情。」

「對……對喔。那，我們現在就去看一……」

春雪這麼一回答，立刻就在腦內遭到斥責。

「你為什麼如此愚昧？這裡是Mean Level的低階空間，說來算是Low Level。就連我都辦不到，憑你不管努力幾百年，也不可能從這裡達到Highest Level。」

「說……說得也是。」

梅丹佐所說的Highest Level，指的是一種只有從連進無限制中立空間的狀態更進一步加速，才有辦法抵達的最高階空間。加速世界的所有資訊，都在那兒以三次元像素矩陣的方式，記載得有如銀河一般，讓觀察者能夠得知世界的真實樣貌。

但春雪只曾窺見到這Highest Level的奧祕一次，就是在七天前的大戰中，正要閃躲災禍之鎧MarkⅡ瞬殺攻擊的那一瞬間。而且當時是有梅丹佐引導他，如果要只靠自己，春雪根本連要如何才能做出「加速再加速」這種事情都不知道。

更重要的是，就如梅丹佐所說，這會議空間是由Cobalt與Mangan姊妹創造出來的正規對戰空間。春雪是個連空間中的一顆小石頭都無法破壞的觀眾，唯一能做的就是看與聽。那麼他就至少得將諸王的言行牢牢記在腦中才行。

「的確，這幫人三番兩次擾亂加速世界的秩序，我們現階段卻只知道他們的組織名稱，說來也真夠沒出息了。」

藍之王Blue Knight聳了聳雙肩這麼一說，黃之王也表露出煩躁點點頭說：

「而且要知道那只是他們自稱的啊。真受不了，既然要自稱叫什麼研究社，乖乖去找系統漏洞不就好了？」

「Radio，我想他們做的正是這件事。」

以壓抑的嗓音這麼回答的，是黑之王Black Lotus。

「不只是這次的ＩＳＳ套件事件。一個月前他們闖進赫密斯之索縱貫賽的事件、三個月前的秋葉原ＢＧ鬧場事件、八個月前的開後門程式事件。他們始終以像是在嘲笑BRAIN BURST系統似的手法引發混亂。也就是說，這些多半就是他們的『研究』。」

「哼……我倒覺得那只不過是恐怖攻擊罷了。」

Yellow Radio一撂下這句話，坐在黑之王右邊的紅之王Scarlet Rain頭部天線形部件就動了一下。站在她身後的Blood Leopard若無其事地踏上一步，用手指碰了碰主子的右肩。

Rain——仁子多半是想起了黑雪公主並未提起的另一個「事件」——半年前的第五代Chrome事件。

雖然沒有證據，但將災禍之鎧交到成為第五代Disaster的仁子上輩Cherry Rook手中的，多半就是Yellow Radio。而且雖然同樣沒有證據，但Radio行動背後有著加速研究社伸出看不見的手在操縱的可能性也很高。

從黃之王的口氣聽來，他多半作夢也沒想到自己是受到研究社操縱，但這當然不會減少仁子的憤怒與悲傷。春雪滿心想去到她身邊鼓勵她，但很遺憾的在七王會議的場面上，實在不能做出這種事。畢竟仁子與Pard小姐原本就因為隱瞞了她們參加ＩＳＳ套件攻略戰一事，導致立場十分敏感。

黑雪公主的嗓音持續靜靜傳出：

「——問題是他們到底有什麼目的。他們的目的就只是想用旁人意想不到的手段，暫時讓加速世界陷入混亂嗎？還是說，把這些事件串連起來，將會引發決定性而且最終極的破壞與混沌……？」

「呵呵……真沒想到這種話竟然會由妳說出口呢，Lotus。」

Purple Thorn發出像是甜美的蜜裡藏了冰針似的笑聲。她肯定是在暗指三年前那件讓Black Lotus被稱為秩序破壞者的事，但黑雪公主仍保持冷靜回答：

「我當然會說。如果研究社要破壞加速世界，對目標是升上10級的我來說就只會礙事。」

紫之王與黑之王之間再度迸出逼人的火花。

Purple Thorn並不知情。她不知道ISS套件本體當中，有著被加速研究社假性復活的初代紅之王Red Rider的意識。

要是紫之王在場，不知道她會怎麼做？是會為了讓紅之王的靈魂再度安息而協助黑雪公主，還是說——即使明知Red Rider已經淪為亡靈，還是會為了保護他而將右手的神器指向黑雪公主？

但有一件事可以確定。Rider的意識被附著在ISS套件本體上，以及創造出套件終端機的就是他的「創造槍械」特殊能力，黑雪公主之所以不把這兩件事告訴諸王，是出於對以前與Rider相愛的Purple Thorn的顧慮——不，應該說是關懷……

「研究社那幫人是不是有什麼重大圖謀，這的確有必要好好評估一番。」

藍之王似乎要緩和黑之王與紫之王之間高漲的緊張情緒，以冷靜的語氣這麼說。

「過去那幫人所引發的事件當中，赫密斯之索鬧場事件與ＩＳＳ套件事件，明顯是有關係的。因為他們就是先在那場賽車裡，讓好幾百個觀眾見識到心念系統的力量，然後才散播出讓人可以輕易動用心念攻擊的ＩＳＳ套件。換個角度來看，他們之所以去秋葉原ＢＧ鬧場，還有實驗後門程式，說不定也是為了賺取製造ＩＳＳ套件所需的點數……雖然我根本不知道他們是怎麼製造出套件的。」

春雪覺得Blue Knight說到這裡，似乎將視線瞥了過來，但等春雪趕緊窺看他的情形時，藍之王又繼續說了下去。

「要是有『下次』，相信加速研究社應該已經透過免費配發ＩＳＳ套件，得到了些『東西』。只要知道他們得到了什麼，至少就能看出他們的方向。Lotus，妳怎麼看？妳在中城大樓直接接觸過ＩＳＳ套件本體，應該有感覺到些什麼吧？」

黑雪公主並不立刻回答這個問題。

她——還有楓子、仁子、Pard小姐與春雪，當然都知道藍之王說的「東西」是什麼。

那可以說是一種可以想見的範圍內最可怕的事物。從眾多套件使用者身上聚集負面心念後加以濃縮，注入從紅之王身上搶來的強化外裝「無敵號（Invincible）」而誕生的全新威脅——災禍之鎧MarkⅡ。

一週前，春雪在梅丹佐自我犧牲的幫助下，勉強擊破了MarkⅡ。但就在他們正要以Lime Bell的必殺技「香櫞鐘聲（Citron Call）」將無敵號分離出來時，作為媒介的Wolfram Cerberus卻從眾人眼前消失。帶著最後一個零件——無敵號的背部推進器一起消失。

也就是說，一共由五個零件構成的無敵號當中，現在的仁子只擁有其中四個。雖然她說這樣還是可以裝備，但無法百分之百發揮原有的實力。他們不能讓其他王知道這個事實。因為一旦得知紅之王的實力衰退，像黃之王這類角色，就很可能又會打起壞主意。

不提有關仁子的部分，要把災禍之鎧MarkⅡ的情形揭曉多少，對此仁子在會議前就親自明白表示，說全都交給黑雪公主處理。她當初是說：「少一個零件根本沒什麼大不了的，乾脆我主動告訴他們啦。」，但春雪等人還是勉力說服她打消這個念頭。

黑雪公主集諸王及其部下的視線於一身，鬆開翹起的腳，無聲無息地站起。

「……我的確感受到了，不，是親眼看到了。看到破壞ＩＳＳ套件本體之後緊接著發生的某種現象。」

她舉起右手劍，筆直指向前方。

「有一道不祥的紅光，從中城大樓朝南方發射出去。那多半就是累積在套件本體上的大量負面心念能量。」

「哦？所以妳的意思就是說，雖然破壞了本體，卻讓裡面裝的東西都給跑掉了？」

黃之王刻意攤開細細的雙手來表現驚訝，他背後的踩球少女就以尖銳的嗓音大喊：「跑～掉～了！」

黑雪公主瞪視著他們，右手用力往下一揮，反駁說：

「Radio，聽你的口氣，怎麼好像捨不得這些被傳送走的心念能量啊？要是你敢碰那種東西，說不定現在你已經淪為Chrome，不，是淪為『Yellow Disaster』嘍。」

這段發言遊走在邊緣，但黃之王曾經拿到「災禍之鎧」卻猶豫著不敢親自穿上，讓渡給其他軍團的Cherry Rook，似乎因而被這番話刺傷了自尊心，只哼了一聲就不再說話。

接著輕輕舉起手的，是Ivory Tower。

「黑之王，妳說南方，但妳知道這些所謂心念能量傳送到的具體地點嗎？」

又是露骨的挑釁。

春雪也目擊到了從六本木山莊大樓發射出來的紅光落下的瞬間。地點在港區白金一間從國小到高中採一貫教育體制的女校。連校名都已經知道。

私立永恆女學院。

這間疑似就是白之團震盪宇宙——同時也是加速研究社大本營所在的學校，是一間有著一百三十年歷史的名校。社員過半數是男性的研究社，會以女校作為大本營的確有些奇妙，但他們的所作所為是無法以加速世界的常識來忖度的。相信那也只是他們用來掩人耳目的幌子之一。

春雪等人歷經多場艱苦的戰鬥才查出這個名稱，卻不能在這個時候說出來。因為他們尚未準備好任何證據。

「很遺憾的，我們沒能追蹤到這些能量的去向。」

對於Ivory挑釁的提問，黑雪公主始終保持平靜。

「為防萬一，我們還從地圖上確認過中城大樓南方有沒有什麼可疑之處，但畢竟我們對那一帶不熟。說到這裡我才想到，那是在震盪宇宙的領土內，不知道你們有沒有想到什麼可能的地方？」

對於黑雪公主小小的反擊，Ivory也同樣若無其事地四兩撥千斤。

「說是中城大樓南方，地方可大得很啊。比較醒目的地標應該是六本木山莊大樓、自然教育園，還有品川車站周圍吧？再過去就已經是長城的領土了。」

他列舉出來的名稱當中，當然不包含永恆女學院。Ivory Tower的鐵面皮讓春雪氣得咬牙，但他還是回想起會前聽到的最高命令持續忍耐。

就在其他諸王也陷入沉思的氣氛下，紅之王Scarlet Rain打破了漫長的沉默：

「研究社那幫人用ＩＳＳ套件累積那麼多心念能量，到底是打什麼主意，這個問題就先不管。」

春雪從她壓抑過的嗓音中聽出了火紅燃燒的意志火焰，一時忘了自己的憤慨，將視線投注在仁子身上。

第二代紅之王讓一雙大型的鏡頭眼發出強光，繼續發言：

「過去我們每次對上研究社，都落得被動挨打。我們總不能說下次又只是乖乖等著那些人為所欲為吧？」

「話是這麼說，但那幫人又沒有領土啊。」

黃之王立刻打岔。

「要先發制人當然很好，但妳到底想進攻哪裡？」

「我要說的是，現在我們應該確實統一這『進攻』的意志。一旦查出加速研究社的大本營，在場的『七個軍團』就要傾全力進攻。我們要不斷去找這些人開打，讓他們來不及從對戰名單上搞消失，能削掉他們多少點數就削掉多少。如果有哪個軍團不參加這個作戰，就視為和研究社有所勾結。」

仁子說得聳動，讓各軍團的幹部都低聲交頭接耳，連Yellow Radio也有些退縮地默不作聲。

仁子的發言雖然激進，卻很有道理，更重要的是這番話應該對Ivory Tower與白之團造成了不小的壓力。只要能夠提出證實永恆女學院——通稱「永女」——就是加速研究社據點的鐵證，白之團立刻就會被迫要做出重大選擇。

「看樣子她這個王也當得更有模有樣了。」

春雪微微點頭，回應身旁楓子的耳語說：

「是……我認為Rain以後還會變得遠比現在更強。」

「鴉同學也不能認輸呢。」

「是……是的。」

就在春雪縮著脖子再度點頭時，Blue Knight堅毅的嗓音迴盪在議場上：

「紅之王說得很對。只要我們現在先統一七大軍團的方針，緊要關頭就能立刻展開行動。我當然不認為在場有誰和研究社勾結在一起，但我還是姑且問問。有誰反對嗎？」

藍之王的話尚未說完，春雪就一直盯著Ivory Tower。

他先前始終不著邊際地把話題扯偏，但這時終究不舉手了。Purple Thorn、Yellow Radio，以及Green Grandee也都保持沉默。

Blue Knight的是現在議場上掃過一圈，猛力站起，震得一身重裝甲喀鏘作響。

「那麼我們就採用紅之王的提議。一旦得知加速研究社的據點，就立刻由七大軍團編成聯合部隊，進行集中攻擊。各軍團要儘可能讓所有高等級團員參加進攻。順便告訴各位，獅子座流星雨（我們團）會有我出陣。」

一聽到這句話，侍立在背後的Cobalt Blade與Mangan Blade就急忙大喊：

「吾……吾王！」

「這……！」

「有什麼辦法？系統就是有限制，每個人每天對同一個人只能挑戰一次。雖然得看他們存了多少點數，但如果想打光他們的點數，能贏多少場就一場也不能少啊。」

他說得的確沒錯。Black Vise與Argon Array都是8級的高等級玩家，累積的超頻點數多半不是只有一兩千。要一口氣打光他們的點數並不實際，但如果是6級的Rust Jigsaw，或是黑雪公主在沖繩遇到的Sulfur Pot——

春雪想到這裡，腦海中再度浮現出一個名字。

Wolfram Cerberus。

他打從出現在加速世界以來，就以幾乎要搶走Aqua Current招牌的「最強1級」定位名震天下，但他在一週前的那場戰鬥中，為了連進無限制空間而一口氣將等級提升到5級。還不只這樣。他為了永遠脫離研究社的掌控，期盼能由春雪親手送他上路，甚至故意讓超頻點數減少到只剩10點。

後來Cerberus被災禍之鎧MarkⅡ上身，透過斷線而脫離了無限制空間。之後他再也不曾出現，但春雪相信他到現在仍然繼續在當超頻連線者。

但同時也覺得即將枯竭的點數沒有這麼容易恢復。

Cerberus是加速研究社根據他們的「心傷殼理論」而創造出來的超頻連線者，這件事除了黑暗星雲以外，只有仁子與Pard小姐知道。但如果其他軍團得知這件事，讓他成為才剛決議的聯合進攻作戰的目標，相信只要打輸幾次，就會喪失所有點數。

不，別說打輸不打輸，Cerberus仍然繼續持有宿有龐大負面心念的「無敵號」推進器。想來他所受的精神干涉比起ＩＳＳ套件是有過之而無不及，要是不趕快淨化、分離強化外裝，難保不會連現實中的人格都受到負面影響。

——Cerberus，你在哪裡？

春雪仰望對戰空間的天空，在內心深處呼喚。

現場的空間屬性是「鋼鐵」。作為議場的千代田戰區禁城東御苑地面，鋪滿了粗獷的菱紋鋼板，樹木也化身為紅褐色的鋼骨，沒有絲毫風情可言，就只有天空依然美麗。有著通透感的藍色背景下，延伸出一條條的雲。

如果能再次去到Highest Level，說不定就能找到Cerberus……春雪先想到這裡，立刻又打消了這個念頭。即使待在能夠得到無限知覺能力的那個地方，也無法找到位於現實世界的人。

啊，乾脆——

乾脆讓加速世界和現實世界融合成一體該有多好?如果能融合成一個大家都是超頻連線者,對戰就只是開心又刺激,誰也不會掉光點數,也不會產生仇恨的遊戲,如果能變成這樣的世界,那該有多好?這樣就可以立刻見到Cerberus,而且也隨時都可以和梅丹佐在一起了……

春雪一邊轉著這些不著邊際的念頭,一邊下意識地用右手輕輕抓住左肩上的圖示,緊接著左手也交疊到胸前來。

結果腦海裡立刻爆出一個嚴厲的嗓音。

「無禮!僕人不准貿然碰我,要說幾次你才懂!」

「啊,不,這是……」

春雪儘管慌了手腳,但要是這時放手而導致梅丹佐飛起,就會吸引到其他軍團的注意,他只好牢牢抱住圖示,拚命在腦海中辯解。

「因……因為妳實在太安靜,我才想說妳是不是當機(Freeze)了……」

「Freeze?你也不想想我是誰,哪怕身在Field Attribution W04,也就是你們所說的『冰雪空間』,我也不可能結冰。」

「說……說得也是。那,妳一直不說話,是在想什麼事情?」

「是你們這些小戰士的決策過程實在太沒有效率,讓我看傻了眼。若是那群自稱叫加速研究社的人,創造出了那令人作嘔的Being,那麼何必浪費時間來進行這種談話?馬上把他們連人帶著城池一起夷為平地不就得了？」

「事……事情沒這麼單純啦。除非有證據可以證明那間學校就是他們的據點，不然其他諸王不會信服的。」

「說來我對這『王』的稱呼就很不滿意。這些人要是只憑隻身一人，明明連我的第一型態都能打得他們一籌莫展，還敢自稱是王，真令人笑掉大牙。說是你『上輩』那個黑色的也不例外。」

「哇！就就就說到這裡吧！」

春雪與梅丹佐之間的對話是以意念進行，但黑雪公主對春雪經常能夠發揮出一種沒有道理可言的超常知覺能力，難保她不會連這幾句話也聽到。春雪一邊看著就坐在自己身前短短兩公尺處的黑之王背影，一邊更加用力地將立體圖示拉近自己胸口。

結果有動作的不是黑雪公主，而是站在他身旁右側的楓子視線往下一瞥，以覺得不可思議的嗓音輕聲說：

「鴉同學，從會議前我就一直很好奇……這個白色像是蟲子的，到底是什麼東西？」

「竟說我是蟲子，無禮！」

梅丹佐發出尖銳的喝叱，就要從春雪懷裡衝出去，春雪用雙手拚命按住她。

「啊，這……這是，怎麼說，也不知道該說是寵物還是配件……」

「哦……這是哪裡撿來的？」

「呃——這個嘛……」

身為神獸級公敵的大天使梅丹佐，在一週前的戰鬥中幫助過春雪，並為了抵擋災禍之鎧MarkⅡ的虛無攻擊而消滅，這些春雪已經在戰鬥結束後的會議中鉅細靡遺地說明過。

但之後梅丹佐奇蹟般的復活這件事，春雪始終找不到機會告訴眾人，七天就這麼過去了。會這樣有兩個理由。第一是期末考迫在眉睫，讓大家始終沒有機會聚會。而第二點則是因為春雪甚至無法想像梅丹佐復活後，和軍團成員——尤其是和黑雪公主邂逅，將會演變成什麼樣的情形。

黑雪公主是春雪的「上輩」兼軍團長，而梅丹佐則是稱春雪為僕人的「主人」。再加上「師父」楓子，相信情形一定會可怕得無以復加……

「——那今天的會差不多就開到這邊吧。」

藍之王的嗓音，將春雪的意識拉回議場上。所幸身旁的楓子也停止追問，轉身面向議場。

春雪並非一直心不在焉，諸王的談話他也都一直有在聽，但確定了對加速研究社的進攻方針後，諸王討論的都是些與黑暗星雲沒有直接關聯的話題，例如六大軍團互不侵犯條約的微幅修正，或針對傳聞將在七月上線但至今仍未出現的「太空」空間互相交換情報等等。

七個王發出沉重的腳步聲一齊站起，主持會議的藍之王再度開口：

「下次會議就等發現加速研究社大本營後立刻召開。一旦判斷情報正確，就立刻擬定進攻計畫並執行。但願能在他們展開下一個狡詐的圖謀前，就先毀了他們的盤算。」

「最後我有一件事要問清楚。」

黑雪公主的話讓藍之王輕輕歪了歪頭。

「Lotus，妳要問什麼？」

「Knight，你剛剛說『一旦判斷情報正確』，你打算用什麼方法決定正確與否？」

「這我想得很單純。研究社那幫人總不會二十四小時都切斷神經連結裝置的全球網路連線吧？那麼他們的名字，應該會出現在他們拿來作為巢穴的戰區對戰名單上。一旦收到情報，就立刻派遣偵察隊去檢查名單。如果名單上有Black Vise或Rust Jigsaw這幾個名字，就表示情報正確。」

「……嗯，我明白了。」

黑雪公主一點頭，身體靠在長錫杖上的Purple Thorn就以聽似溫和的嗓音說：

「Lotus，下次妳可不要只帶你們軍團的人就殺進去啊。要是妳在我看不到的地方掉光點數，我會非常傷心的。」

「Thorn，妳的忠告我就心懷感激地收下了。」

黑雪公主冷漠地這麼一回應，就高聲踏響腳下的鐵板退開一步。在她的這個動作觸發下，先是黃之王默默以誇張的動作一鞠躬，然後和踩球少女一起慢慢遠去。接著紫之王與藍之王分別帶著自己的部下走遠，紅之王與Blood Leopard也對春雪等人略一點頭，走了開去。

轉動視線一看，先前Ivory Tower所坐的位子不知不覺間已經空了。這樣一來，還留在議場上的就只剩下黑暗星雲的三個人，以及長城的兩個人。

到頭來在本次會議中仍然幾乎完全不發言的綠之王Green Grandee，讓一身綠寶石色的裝甲發出沉重的聲響，轉動巨大的身軀，以發出朦朧光芒的鏡頭眼俯視春雪。

感覺上似乎已經過了很久，但其實春雪在六本木山莊大樓的屋頂與綠之王邂逅，只過了兩週出頭。當時Grandee就告訴了春雪……

告訴他說除了這個命名為「BRAIN BURST 2039」的世界之外，還曾經有過兩個很類似的世界──「ACCEL ASSAULT 2038」與「COSMOS CORRUPT 2040」存在。以及這兩個世界，都已經因為某種理由而遭到廢棄──

春雪去到Highest Level時，也曾從梅丹佐口中聽到同樣的名稱。而她還說過一句話，說將這另外兩個世界的存在告知春雪的綠之王，或許也曾來到過Highest Level。

現在梅丹佐多半正從春雪雙手之中觀察Grandee，不知道她到底感受到了什麼？先前她還猛力振動翅膀，想飛出春雪手中，不知不覺間卻完全停下了動作。

這陣沉重的沉默，是由從Grnadee後方現身的鋼鐵拳擊手型虛擬角色──長城「六層裝甲(Six Armor)」

的第三席「鐵拳」Iron Pound。他輕輕舉起戴著反射出黝黑光澤拳擊手套的右手，以令人意想不到的輕鬆口氣說道：

「嗨，辛苦你啦，Silver Crow。雖然請你去學『理論鏡面（Theoretical Mirror）』特殊能力的是我，但我實在沒想到你真的可以學會，而且還把那個梅丹佐給幹掉了。」

「哪……哪裡，我只是反射雷射而已……」

而且春雪所學會的，並不是據說由Ardor Maiden的「上輩」Mirror Masker所完成的「理論鏡面」，而是效果似是而非的「光學傳導（Optical Conduction）」特殊能力，但他們決定在本次會議上暫且不提這件事。

「光反射就夠厲害啦，要知道我們團長的神器外加心念防禦，頂多也只撐得住五秒啊。老大，你有沒有什麼話要和Crow說？」

「…………」

「看樣子是沒有。所以呢，我就有話直說了。畢竟也不知道鈷錳姊妹何時會關掉對戰空間啊。」

Pound的視線朝四周迅速掃過，確定其他軍團的成員已經完全消失後，才小聲說下去：

「那件事，基本上ＯＫ。」

「咦？那件……等等，是什麼事來著？」

春雪正納悶，立刻就被站在右邊的楓子與站在左邊的黑雪公主從兩側將他往後推開。

「小拳，你說基本上，意思就是有條件了？」

Pound對楓子說出的這個頗有幾分可愛的暱稱皺起眉頭，但仍點點頭說：

「是啊，就是這麼回事。我們家的比利……六層裝甲第二席『Viridian Decurion』堅持不肯退讓。這場會談，我們要在澀谷第二戰區進行。」

春雪聽到這裡才總算想了起來。想起一週前那場漫長又艱苦的戰鬥結束後所召開的會議上，楓子對Ash Roller下了一道命令，要他在近期內安排一場與Grandee的會談，地點交給對方決定，但最好是在中立的戰區。

儘管當時覺得這再怎麼說都太強人所難，但看來Ash已經完成了自己的任務。只不過似乎終究是沒辦法把王拖出領土。

楓子與黑雪公主一瞬間互換視線，然後晃動那液態金屬般閃閃發光的銀色長髮點頭回答：

「無所謂。但作為最低限度的安全措施，除了參加會談的成員以外，我們希望其他團員都能在會談前後十分鐘的這段時間內關掉全球網路連線，可以嗎？」

這次換Pound抬頭看看身旁的Grandee，但綠之王明明一動也不動，Pound就立刻答應說：

「也好。會談就和這場會議一樣，用觀戰方式進行。對戰由我和比利開啟。我話先說在前面，要是你們那邊有任何人，哪怕只是不小心按錯，跑來找我們團員挑戰，會談就當場作廢。」

而如果挑戰的對象是我們老大，那我們之間就立刻全面開戰。」

Pound的嗓音低沉而充滿魄力，但楓子絲毫不為所動，再次點頭回答：

「知道了。至於參加人數，我們這邊預計是最多七個人。」

「那我們也會湊足這個人數。日期時間呢？」

「下週日，七月十四日的下午三點如何？」

「了解。可別遲到啊。」

「鐵腕」Sky Raker與「鐵拳」Iron Pound三兩下談完後，各自望向自己團長。

黑雪公主先前始終默默抬頭看著綠之王，卻在這時說出一句令人意想不到的話：

「Grandee，兩年又十一個月前我們的談話，你還記得嗎？」

隔了一會兒，一個足以撼動對戰空間地面厚重鐵板的沉重嗓音，從綠之王的面罩下發出。

「當然。」

「是嗎？那麼……『選擇的時刻』已經不遠了。」

黑雪公主低聲說出這句春雪無從理解的話後，默默轉過身去。楓子也朝綠之團的兩人輕輕揮了揮右手，從黑雪公主身後跟去。

「呃……呃，失陪了。」

春雪一鞠躬，也從她們兩人身後跟去。他滿心想問所謂「選擇的時刻」是怎麼回事，但黑之王纖細的背影充滿了堅毅的決心，讓他遲疑著不敢問。

從作為議場的江戶城本丸遺址廣場開始往下走向桔梗門時，被春雪捧在雙手當中而始終沉默的梅丹佐，自言自語似的說道：

「那個綠色的小戰士和白色不一樣，但也很耐人尋味。」

「咦……是哪裡不一樣了？」

「雖然只有一點點，但他有著和我們Being同樣的氣味。」

「這……是怎麼說……」

春雪納悶地回頭往身後瞥了一眼，但視線被紅褐色的鋼架群遮住，讓他找不到綠之王的身影。

2

由楓子駕駛的車開出北之丸公園的停車場，開上靖國大道後，坐在副駕駛座上的黑雪公主仍然沉默不語。

仔細想想，她今天從一開始就很少說話。想來多半是即將面臨七王會議而情緒緊繃，但她在會議中堂堂正正和Ivory Tower與其他諸王交手，甚至還對白之團施加了不小的壓力。

到頭來春雪參加會議就只是在場旁觀，所以心想至少也該慰勞她幾句，但從後座看到黑雪公主的臉龐陷入深沉的沉思之中，讓他遲疑著不敢妨礙她思索。

另一邊的駕駛座上也很安靜。若是平常的楓子，應該已經為了抒解軍團長的緊張而聊起一個接著一個的話題，今天卻緊閉嘴唇，專心操作方向盤。車內就只聽到些許路上的噪音、馬達聲，以及無機質的AR導航語音。

——這個時候還是該由我來緩和一下氣氛才行！

春雪下定決心，正要提起他在常去的電玩店裡找到的一款只能跳躍和俯衝下踢的復古格鬥遊戲，但就在這時……

「……楓子，進了杉並區以後，可以找個地方停下來一會兒嗎？」

黑雪公主自言自語似的這麼說。

「……我也正想這麼提議。」

楓子回答完，朝導航看了一眼。不知不覺間車子已經穿過山手線，從靖國大道開上了新青梅大道。幾分鐘後，車子剛越過中野區與杉並區的界線，往左的方向燈就開始閃爍。這輛金絲雀黃的義大利電動車平順地減速，滑到了設置在路旁的停車位上。車子才剛完全停住，黑雪公主就將上半身扭轉過來。

「春雪。」

突然被叫到名字，讓春雪先閉起了半張著的嘴，然後鄭重回答：

「有……有。」

「有一件事我想找你問清楚……不，還是到了那邊再說吧。」

「什……什麼？」

當春雪眨著眼納悶時，黑雪公主已經將椅背往後深深一倒，往後座探出上半身。她伸出的右手上，抓著一條黑色閃閃發光的XSB傳輸線。

接頭噗的一聲插上春雪的神經連結裝置，同時楓子也和黑雪公主直連，從黑雪公主口中發出「超頻連線」的指令，【HERE COMES A NEW CHALLENGER!】的火焰文字出現在春雪眼前，這一連串過程所花的時間只有短短兩秒。

到底為什麼要在車內直連對戰？

春雪滿心疑惑之中，下到了一種黑而濕的泥土上。頭上的夜空中掛著一彎鐮刀似的眉月，周圍排列著形狀五花八門的墓碑。這是低階黑暗系的「墓地」空間。

春雪四處張望，想找出對戰對手黑雪公主的所在。視野中並未出現導向游標，所以她人應該就在附近，但由於場地相當暗，實在很不容易找出漆黑的對戰虛擬角色。

「……這樣一來豈不是夜裡找烏鴉了……啊，我自己就是烏鴉……」

春雪自言自語說著這些沒建設性的話，正要沿著成排墓碑邁出腳步時——

頭上傳來了一個耳熟——卻帶著幾分冰冷的嗓音。

「Crow，我在這裡。」

春雪趕緊再度仰望天空，結果看到一塊圖騰柱般的細長的墓碑上有著一個尖銳的輪廓。這雙手抱胸，兩腿筆直併攏的身影，無疑就是黑之王Black Lotus。

淡淡的白色月光照出了她一身半透明裝甲的直線稜角，其中一對藍紫色的鏡頭眼發出格外強烈的光芒，春雪甚至還能強烈感受到從虛擬角色全身放射出來的鬥氣壓力。

——學姊是玩真的。可是為什麼這麼突然？難道要在這裡進行什麼特訓？還是要操我？還是說這是疼愛我？

春雪正想著這樣的念頭，一寸寸往後挪，背後的方向又傳來另一個嗓音。

「鴉同學，我在這裡喲。」

春雪震驚地轉過身去。一個灰白的影子就坐在稍遠處一株高高聳立，盤根錯節的大樹樹枝上。是穿著純白連身洋裝，戴著同色帽子的黑暗星雲副團長Sky Raker。

她明明身為無法干涉春雪的觀眾，發出的壓力比起黑雪公主卻是有過之而無不及。Raker似乎也是玩真的。雖然春雪一點也不明白她是對什麼事情玩真的。

前有黑雪公主，後有楓子，讓春雪進退兩難，只能一邊交互看著她們兩人，一邊戰戰兢兢地發問：

「……學姊、師父，請問這是要做什麼呢？」

「我不是說過，有事想找你問清楚嗎？」

黑雪公主這麼一回答，就從高度應該有七八公尺的墓碑上輕巧地一躍而下。同時楓子也從樹上跳下，輕飄飄地落到地上。

「問……問清楚……該不會是懷疑『鎧甲』還寄生在我身上……之類的……？」

「不對，不是這樣。這和你自身無關。」

「咦？」

黑雪公主對啞口無言的春雪說出了令他意想不到的話：

「今天會議當中，一直停在你肩上的那個是什麼東西？」

一驚。

春雪被問到要害，正全身緊繃，又聽到背後傳來楓子的聲音：

「鴉同學說是寵物或配件之類的東西，你應該不是違背我們的吩咐，跑去商店買了什麼怪東西吧？」

楓子說著從春雪身旁走過，在黑雪公主身旁輕巧地轉過身來。春雪面向她，讓頭盔做出高速水平運動。

「不不不不不是的！我根本沒去什麼商店！」

「那你是從哪裡拿到那玩意兒的？我從那個像蟲子的東西上，感覺到了某種不好的氣息。」

「我也是。那種氣息，總覺得似乎曾經在別的地方感受過，又好像不曾碰過……」

春雪將視線移到再度雙手環抱的黑雪公主身上，嘗試進行轉得很硬的說明：

「我我我我我想應該是錯覺吧？那是，呃，這個，不知不覺間，就跟我來了……」

「哦？那你就把那玩意兒叫出來一下。」

「咦？」

「應該沒問題吧？就請鴉同學把你可愛的寵物也介紹給我們認識嘍。」

「呃——啊——嗚………」

春雪勉力想找出度過眼前難關的方法，但腦內的搜尋引擎始終只回答：「搜尋不到符合的資料」。

既然如此，也只能祈禱不要讓慘劇發生，叫出梅丹佐來了。春雪先做好了這樣的心理準備，才注意到這根本是不可能的。

如果根據那神祕的「某某照」的說法，春雪與梅丹佐是透過某種連結繫在一起。這種連結不限無限制中立空間，在正規對戰空間裡也能維持，但要叫出梅丹佐的立體圖示，就非得深深集中精神，連續呼喚幾十秒不可。

春雪之所以瞞著黑雪公主與楓子，在先前的七王會議上偷偷召喚出梅丹佐，是因為想請她看看Ivory Tower與其他諸王。而他的努力並未白費，她似乎從Ivory與綠之王身上感受到了一些跡象。

但這墓地空間是與全球網路隔離的直連對戰空間。從這裡發出的呼喚，真的能讓梅丹佐聽到嗎……

——不，應該是可以的。因為即使是直連對戰，點數也會有所增減，這也就表示玩家仍然與BRAIN BURST中央伺服器連線。

春雪想到這裡，對團長與副團長點了點頭。

「……我明白了。我馬上叫，請等我四……不，請等三十秒。」

「還真花時間啊。」

黑雪公主雖然這麼說，但仍退開一步，靠在一座墓碑上。楓子也笑瞇瞇地補上一句：

「要是你動作太慢，地面就會長出死人的手，還請你盡快喲。」

「好……好的。」

春雪深深吸氣，吐氣，閉上眼睛開始集中精神。

他開始想像。想像有一道光從位於加速世界角落的自己，通過高高在上的Highest Level，伸向在「兩極大聖堂」最深處休養翅膀的梅丹佐。想像聲音通過這個連結傳遞過去……

——梅丹佐，妳聽得見我說話嗎？

——雖然短短三十分鐘前才分開，但可以請妳再出來一次嗎？我想正式介紹幾個人給妳認識……

深鎖在黑暗中的視野裡，出現了一個極小的光點。這個慢慢閃爍的像素慢慢增加光亮的震幅，很快地穩定進入連續亮燈狀態。

——你還是一樣愚昧啊，Silver Crow。

腦海中傳來一種像是拿他沒轍的嗓音。

——你的世界當中的三十分鐘，相當於Mean Level的五百小時。雖然這點時間對我來說，也與一瞬間的假寐無異……連結穩定下來了，睜開眼睛。

春雪聽她的話，在護目鏡下睜開鏡頭眼，就看到純白的圖示飄在自己面前。這個紡錘形身軀上有著天使光環與小小翅膀的圖示，就是梅丹佐的知覺終端機。

春雪一邊感受著站在約三公尺外的黑雪公主與楓子投來的視線，一邊用雙手籠罩住圖示，輕輕挪到胸前。

「呃……學姊、師父，我叫出來了……」

但願這場「會見」可以平安無事結束！春雪一邊這麼祈禱，一邊對兩人說話。

結果黑雪公主從墓碑上分開，興味盎然地彎曲上半身說道：

「哦？這就是你的寵物？」

緊接著——

「無禮！妳說誰是寵物？」

這句話不是以平常的思念發聲，而是以撼動整個空間的巨大音量迴盪，更實際震得無數墓碑搖動，甚至令人覺得連在地下蠢動的死人都嚇得縮起身體，雖然這應該只是錯覺。

黑雪公主與楓子突然上身後縮，互看一眼。

「……Raker，我總覺得聽過剛才那個嗓音。」

「……Lotus，我也是啊。記得是在無限制空間裡……」

「竟然忘記我的嗓音，你們一再無禮，我實在忍無可忍！我的僕人Silver Crow，對這兩人各敲一記腦袋。」

「僕……僕人？我才要說妳長得一副蟲子樣，竟然這麼囂張！Crow可是我的『下輩』啊！」

「而且還是我的徒弟呢，寵物小姐。不管妳是哪裡來的什麼人，竟然想橫刀奪愛，也未免太厚臉皮了。」

「竟然一而再再而三說我是什麼蟲子、寵物，看樣子妳們是真的活得不耐煩了！既然如此，我就直接讓妳們知道厲害！妳們兩個，立刻到我城裡報到！」

好，拔腿就跑吧。

春雪下定決心做出久違的遁走行動，正要慢慢往後退開，卻被黑雪公主以右手劍一指而當場定住。

「Crow，這個囂張的傢伙到底是哪裡來的渾球？」

「鴉同學，要是你敢跑掉或是打馬虎眼，晚點我可會讓你受到慘痛的教訓。」

「呃，呃……呃…………」

春雪定格在不穩的姿勢，摸索迴避危機的途徑，最後終於認命，承認這是無可避免的劇烈衝突，於是無力地點點頭說：

「我說呢……這個……不，我是說這一位，是神獸級(Legend)公敵，也是『四聖』之一的大天使梅丹佐小姐……」

春雪戰戰兢兢地這麼一說，小圖示就輕飄飄地飛起，囂張地拍動翅膀，黑雪公主與楓子則在她下方啞口無言地瞪大鏡頭眼。

「你說這是大天使，梅丹……佐？」

「梅丹佐的本體……？不是消失了嗎……？」

「給我加上敬稱，小小的人們。」

——相信她們三人有朝一日一定能夠相互了解，變成朋友。有朝一日……沒錯，等到真正的和平降臨到加速世界的那個時候……

春雪一邊在腦中播放壯闊的背景音樂，一邊忍不住這麼思考。

梅丹佐疑似在與災禍之鎧MarkⅡ的死戰中消失，但「核心」總算勉強成功復活。

之後她和春雪以一種不可思議的連結方式聯繫在一起，即使在正規對戰空間，也能像這樣

叫出圖示。

但她幾乎喪失了所有的戰鬥能力，現在正待在存在於兩極大聖堂的梅丹佐第一型態當中養傷──

光是把這些情形解釋給黑雪公主她們聽，春雪就用掉了對戰時間的七成。雖然其中一部分原因，是春雪說到一半，梅丹佐都要一一針對她不滿意的說法抱怨：「我不是想救你」或「這豈不是說得好像是你讓我復活的？」而春雪也只能對此一一道歉。但更重要的是春雪自己也並非確實了解產生這種現象的運作邏輯，能解釋的部分也很有限。

黑雪公主與楓子聽完後再度對看一眼，沉吟良久。

「……高階公敵具備某種程度的知性，這點我自認是已經從和四神朱雀與青龍的戰鬥中學到了……」

「這個叫Black Lotus的，妳應該說是Being。」

「萬萬沒想到她竟然這麼多嘴，而且還一副高高在上的樣子……」

「這個叫Sky Raker的，我不是高高在上的樣子，是本來就高高在上。」

兩人每次一說話，飛在上空的圖示就拍動翅膀插嘴，讓人覺得既恐怖又莞爾，春雪直冒冷汗之餘，還是忍不住嘴角帶笑。

黑雪公主敏銳地察覺春雪的這種模樣，白了他一眼說：

「……也是啦，Crow就是有這種會被怪東西喜歡上的體質，事到如今我不會驚訝……」

「咦……是這樣嗎？」

「你好歹也要有點自覺——那關於今後……」

她將視線轉到位於頭上三十公分處的梅丹佐身上。

「四聖梅丹佐。不管怎麼說，妳救了我的『下輩』Silver Crow，為此我就先跟妳說聲謝謝。」

「用不著，Black Lotus。因為Silver Crow是我的僕人。」

「……『上輩』與『主人』當中，應該以哪一邊的權利為優先，這件事就等妳恢復力量之後，我們再用劍決定吧。在這之前，妳待在Crow身邊這件事，我也只好同意……但有一件事我想問清楚。」

「我根本沒有任何事需要經過妳同意，不過妳就說說看吧。」

「梅丹佐。妳也一樣有著要和加速研究社戰鬥的意志……我們可以這麼想吧？」

對黑雪公主這個問題，小小的圖示沉默了一會兒。

墓地空間中吹過一陣冰冷而潮濕的風，將彎曲的老樹枝葉吹得婆娑作響。遠方傳來帶著幾分悲戚的狼嚎，大型的蝙蝠從夜空中飛過。

「……我對你們小戰士之間的爭端沒有興趣。」

梅丹佐以冷漠的口氣這麼說。

但緊接著又以微微增加音量的嗓音繼續說：

「然而自稱是加速研究會的那幫人，竟無禮地將我從城裡拖出，逼我當看門狗，還製造出可憎的虛無屬性虛擬Being，進而想消滅我的僕人Silver Crow。我非得要他們付出代價不可。」

「唔，這回答有點令人耿耿於懷……不過也罷，妳的意志我明白了。那麼四聖梅丹佐，從現在這一刻起……」

黑雪公主正視飛在比自己稍高處的圖示，以宏亮的嗓音宣告：

「——妳就是我們黑暗星雲軍團的一員！」

3

「謝謝師父，請師父回去路上小心。」

春雪對駕駛座上的楓子道謝後下了車。對於坐在副駕駛座的黑雪公主，則是從人行道上鞠躬說：

「學姊也辛苦了。對不起，我把梅丹佐的事瞞著學姊……」

「不，沒關係。看她那個樣子，你會覺得很難解釋的心情我也不是不懂……」

看到黑雪公主露出苦笑，春雪也回以微笑。

梅丹佐聽黑雪公主宣告她加入黑暗星雲，嚷著說我為什麼要加入小戰士的軍團鬧了好一陣子，最終才在幾個條件下答應。光是引見給黑雪公主和楓子兩人就鬧成這樣，要是等軍團成員到齊，根本無從想像事情會鬧得多大。

「不過……說來還真是奇妙。畢竟在中城大樓和第一型態戰鬥時……不，就連之後和第二型態對上時，都只覺得是個可怕的公敵，現在卻已經覺得她和我們是一樣的……」

聽到黑雪公主這麼說，春雪連連點頭。

「真的是這樣。梅丹佐為了保護我而差點消失時，就對我這麼說過。說無論是你們小戰士，還是我們Being，本質上都是完全平等的存在……」

「如果真是這樣，總覺得以後似乎不太方便去獵公敵呢。」

楓子在黑雪公主後頭露出略顯為難的微笑這麼說。

春雪這幾天來也想著同一件事，再次點頭說：

「就是說啊……下次我會先問問梅丹佐對這些事情有什麼看法。」

「啊，你可別因此就在我不在的地方跟她有太多互動啊。要知道我可絕對不承認她是你的主人！」

從車窗伸出來的手，輕輕戳了戳春雪的胸口。

「知……知知知道了！」

「還有，有一件事我想問清楚……梅丹佐會一直維持那小小的圖示模樣嗎？」

「是……是啊。在她力量恢復之前，似乎沒辦法以本來面目出現。」

春雪用力連連點頭，黑雪公主的手指才總算縮回車內。

「既然這樣，那好吧。那麼今天辛苦你了，春雪。你就好好休息吧……我是很想這麼說，但從星期三開始就是期末考，你可要好好用功。」

「那麼鴉同學，我們再見嘍。考試要加油喔。」

「好……好的……」

春雪突然被拉回殘酷的現實而垂頭喪氣，之後他聽見電動車留下輕快的馬達聲，沿著環狀七號線大道往南開走。

他目送這鮮豔的金絲雀黃消失在車陣當中後，開始走向前方不遠處的行人穿越道。

忽然間他覺得遠方傳來一個熟悉的尖銳咆哮聲，但寬廣的人行道上只有攜家帶眷的行人或情侶來來往往，當然不會有巨大的公敵從建築物後方現身。

一樓購物商場的大迴廊上，有著許多購物人潮從七夕摺紙綵球下走過，春雪穿過這條走廊，搭上住戶專用的電梯，鬆了一口氣。

這棟大型住商混合大樓位於徒步五分鐘就能抵達高圓寺車站的良好區位，春雪就是在雙親買下其中一戶的這一年出生。當然在買下之前就已經知道母親懷孕，所以雙親是為了親子三人一起生活才搬進這裡的。

但春雪國小二年級時，雙親就離婚了。說直接理由是父親外遇，但春雪還勉強記得的雙親身影，幾乎都是他們和睦歡笑的場面。

但父親揮開哭著抓住他不放的春雪，走出了家門，此後春雪再也不曾見到他。要是離婚協議談得順利，父親應該也會得到和春雪見面的機會。而他們始終不曾見面，也就表示母親拒絕讓他們見面——還是父親覺得沒有必要見面呢？

春雪茫然看著電梯顯示的樓層不斷上升，心想多半是後者。

離婚前一陣子的某天晚上，父親與母親在深夜的客廳裡議論該由哪一方得到春雪的監護權。春雪在深夜中忽然醒來，不小心在走廊聽見了兩人帶刺的對話。他們是在爭奪監護權，還是在互相把監護權推給對方呢？答案多半也是——……

電梯平緩地減速，讓春雪從沉思中醒來。最近他之所以經常想起往事，一定是因為上週校慶中看了那場命名為「時光」的學生會展演。但現在想起往事，並不像以前那樣有種胸口被尖針刺穿的感覺。

母親今天似乎也不回家，但春雪已經不會因此就覺得自己被母親拋棄。

根據在山形種植櫻桃的外公外婆所說，母親從小就有著不服輸的個性，做事非常努力，成績也一直名列前茅。當她長大成人，在外商投資銀行就職，結婚而成了母親之後，也一直在對抗難題。這就是有田沙耶這個人的人生，輪不到春雪指指點點。

就在樓層顯示達到23樓的同時，電梯的門開了。

走到無人的公共走廊後，往右走了過去。彎過一個轉角，自己家的家門映入眼簾時，看到門前有個小小的人影，春雪卻已經不怎麼驚訝。

多半是早已在下意識注意到了。注意到剛才在環七大道上聽見的聲響，不是什麼公敵的咆哮，而是大型電動機車的行駛聲。

這個人影注意到默默走近的春雪，輕巧地站了起來，甩了甩綁在頭部兩邊的紅髮，嘴角上揚地笑著說：

「怎麼？你都不說那句『妳妳妳妳妳怎麼會在這裡』啦？」

春雪一邊以笑容回應，一邊回答：

「哪能每次都嚇成那樣啊？而且我早就隱約覺得妳來了，仁子。」

聽到他這麼說，上月由仁子——第二代紅之王Scarlet Rain以有點害羞的表情微微噘起嘴說：

「嘖，我的行動已經差不多要被你看穿啦？下次可得在登場方法上多花點心思……打破陽台窗戶跳進來這招怎麼樣？」

「住……住住住手啊！之後會被罵的要死的人是我耶！」

春雪急忙大聲嚷著制止，仁子就心滿意足地又笑了笑，突然又將雙手背到身後。

「啊哈哈，騙你的騙你的，我怎麼可能做出這種事嘛，大哥哥♪」

春雪被這來得出乎意料之外的天使模式直貫腦門，差點腳步踉蹌，好不容易才站穩。

「那……那，今天，到底是，有什麼……」

結果仁子不改臉上天真的微笑，嘿咻一聲把背上一個大包包晃給他看。

「那還用說！今天是久違的過夜聚會！」

……要來過夜是無所謂，隨時來我都很歡迎，但如果可以事先發個郵件說一聲，其實能幫我很大很大的忙啊。而且她說久違，但記得上次她來過夜還只是八天前的事情。

春雪一邊嘟囔，一邊帶仁子進到客廳後，打開廚房冰箱看了看，然後大聲問說：

「仁子，牛奶和葡萄柚汁和烏龍茶和汽水和牛奶妳要喝哪種？」

緊接著就聽到仁子正常模式的吼聲：

「喂，你這小子，為什麼講了兩次牛奶！是怎樣？要我好好發育是嗎？你的意思是要我長得像Raker那樣嗎？」

「我想這就算喝牛奶也辦不到……」

「春雪你這小子剛剛說什麼！可是難得有牛奶，請給我一杯！」

「我什麼都沒說！還有了解！」

春雪從冰箱裡拿出化學強化玻璃瓶裝的一公升牛奶，倒到兩個玻璃杯裡，順便還簡單洗了洗從山形寄來的大顆櫻桃，放進玻璃碗，再附上兩個小盤子一起端過去。

一把托盤放到餐桌上，仁子氣鼓鼓的表情立刻變成燦爛的笑容。

「喔～這不是櫻桃嘛！而且超大顆的！」

「我沒說過嗎？我外公家在山形務農。現在正是產季，每年到了這個時候都會寄一大堆來。」

「每年都有一大堆？可惡，早知道我去年也要來！」

「去年七月我根本就還不是超頻連線者……」

「我才不管！倒是啊……可以吃嗎？」

「啊，請用請用。」

春雪把玻璃碗推到餐桌正中央，仁子就高高興興地摘起一顆大顆的佐藤錦（註：櫻桃品種），先喊了一聲「我要開動了！」才放進嘴裡。在噗一聲清脆的聲響中咬了下去，隨即露出幸福絕頂的笑容。

「……我都不知道仁子這麼喜歡吃櫻桃。」

春雪自己也吃了一顆，說出這樣的評語，仁子就把種子吐到小盆子上之後回答說：

「我沒說過嗎？我喜歡櫻桃的程度只排在草莓後面。像我第一次在那個世界見到Cherry Rook的時候，還說我比較喜歡他的顏色，要他跟我換，讓他為難得很呢。」

「這樣啊……聽妳這麼一說，就覺得妳還真有點像櫻桃呢。」

春雪不經細想地這麼回答，看著坐在正對面的仁子。

她穿著深灰色背心與紅色船型領T恤，搭配貼身的牛仔短褲。春雪正想著最像櫻桃的大概就是她苗條的身材與一頭亮麗的紅頭髮……這才注意到對方不只是頭髮，連臉都變得通紅。

「我……我……我說你喔，不要突然講這種令人難為情的話！」

「咦？我……我沒什麼別的意思啊。」

「諒你也不敢！…………不過，也是啦，既然春雪這麼說，我就當作是這麼回事吧。」

仁子紅著臉用力撇過頭去，一次吃了兩顆櫻桃。

儘管不知道「這麼回事」是怎麼回事，但櫻桃在今天送到真是太好了。春雪一邊這麼想，一邊喝了一口牛奶。就在這時……

叮咚兩聲門鈴聲想起，視野中顯示出一個小視窗，告知有客人來訪。

春雪反射性舉起手，卻莫名在空中停住。

因為某種預感在他背上冰涼地撫過。如果一定要形容，大概就像雲霄飛車從上升即將轉為俯衝的那一刻，那種摻雜著期待與恐懼的飄浮感。

所幸仁子只顧著吃櫻桃，並未注意到異狀。春雪吞了口口水，然後才按下接聽鈕。

視窗顯示出一樓自動鎖的攝影機畫面。畫面上顯示出的，是理應在約二十分鐘前就走環狀七號線離去的黑雪公主所露出的笑容。春雪在椅子上轉身九十度，縮起朝向仁子的背，小聲問說：

「學……學學學學學姊！妳妳妳妳怎麼啦？」

「沒什麼，本來我就想這麼回家，但總覺得心神不寧。所以我就想來弄清楚我心神不寧的原因，順便幫忙你準備考試，於是就回來找你了。」

——黑之王的超感覺太可怕了！

春雪內心戰慄之餘，仍勉力擠出笑容。

「這這這這這這真是太謝謝學姊了。呃……師……師父呢？」

「很遺憾的，楓子有事要忙。她說要我和鴉同學還有某人問好。」

——師父的超感覺也一樣可怕！

春雪再度打了個冷顫，然後下定決心，按下開鎖按鈕。

「那……那學姊請進。」

「謝謝。那我們一分鐘後見。」

春雪關掉視窗後，慢慢轉回前方。

仁子自然已經注意到他們之間的對話，用指尖繞著櫻桃蒂，送來翻白眼的視線。

「Lotus，不，我是說，黑雪跑來了？」

「嗯……嗯，真虧妳知道。」

「看你的臉也知道。真是的，也不知道你是在怕還是在高興。」

仁子哼了一聲，背靠到椅子上。

「真沒辦法，剩下的櫻桃就留給那女人吧。」

黑雪公主精準地在一分鐘後按下玄關門鈴，在客廳與仁子打了照面後，立刻露出劍拔弩張的微笑。

「果然啊，我就知道大概會是這樣。」

由於今天是週日，黑雪公主也穿著便服。她穿著黑底上有著白色花朵圖案的束腰衫，搭配五分內搭褲。無袖款式露出的香肩的確耀眼，但春雪根本沒有心思欣賞，請她就座。

「學姊請坐。我去拿飲料來……呃，學姊要喝什麼？」

「想也知道是牛奶吧。」

仁子賊笑著這麼說，黑雪公主眉毛一動。

「我是不討厭，但為什麼是想也知道？」

「因為妳也一樣還有發育的餘地啊～」

「妳……妳看什麼地方在講這種話！我對自己的成長狀況沒有不滿！」

「哦～所以妳是刻意輕量化了？」

「妳……妳也沒資格說別人吧！」

「我還有得是機會可以成長啊～」

「哼，等妳三年後再心急可就來不及了。」

「妳果然在急嘛。」

「才沒有！」

春雪一邊心驚膽戰地聽著她們兩人對話，一邊勉強找出空檔插嘴：

「那，學……學姊要喝什麼？」

黑雪公主瞪了春雪一眼，說道：

「麻煩給我牛奶。」

「了……了解。」

春雪迅速退避到廚房，吐出先前憋在胸口的氣。

仁子與黑雪公主在有田家撞著正著，這樣的情形並不是第一次——記得半年前仁子以春雪親戚的名義潛入時，就曾發生過這樣的情形，但看來短期內他還無法對這種緊張感四兩撥千斤。

春雪把牛奶倒進第三個玻璃杯，和新的小盤子一起端過去。將玻璃杯放到莫名坐在仁子身旁的黑雪公主身前，請她嚐嚐桌上的櫻桃。

「學姊，不嫌棄的話請嚐嚐看。這是我外公種的櫻桃。」

「哦？很大很漂亮呢。那我不客氣了。」

黑雪公主似乎也不討厭櫻桃，高高興興地伸出手去。吃完一顆後，笑瞇瞇地說：

「非常好吃。這是什麼品種？」

「是古早味的佐藤錦。最近有很多基因改良出來的新品種，更甜或是更大顆，但外公一直以這個品種為主。」

「這樣啊……真想去你外公的櫻桃果園見識見識。」

「好啊，不然乾脆暑假就……」

春雪忍不住就先這麼回答，然後才趕緊補充說明：

「啊，可……可是外公住在山形縣的東根市，沒辦法當天來回。」

「嗯，我可沒問題。只要不會打擾到，要住一晚兩晚三晚都沒問題。」

「怎……怎麼會打擾呢，一點兒也不會。我想我外公外婆都會超級高興的。」

「那我就恭敬不如從命吧。」

「請務必要來！從樹上剛採下來的櫻桃，真的非常好吃喔！」

春雪一說到這裡，就聽到一聲很大的喀噹聲。原來是安靜了好一會兒的仁子連人帶椅跑上前來。

「我也要去。」

「咦？」

「我也要去！我想吃剛～採～的～櫻～桃！」

仁子以令人搞不清楚是天使模式還是正常模式的口氣嚷著，身旁的黑雪公主就把手放到她頭上說：

「仁子，妳已經不是小孩子了吧？這種時候該怎麼說才對呢？」

「黑……黑雪妳這女人，又不是妳外公……」

仁子先懊惱地咬了咬牙，然後轉身面向春雪，把還搭著一隻右手的頭深深往下壓。

「春雪，拜託……拜託你！帶……請把我也帶去！」

「不……不用這麼誇張也當然ＯＫ啦，我外公家很大，要讓幾個人過夜都沒問題。雖然建築物有點，不，是非常舊了……」

「真……真的嗎？太棒啦！」

仁子起身時幾乎跳了起來，一掌拍開了黑雪公主放在她頭上的右手。

「好，暑假是吧！我已經把這件事排進我內心的行程，可不准你事後說什麼取消或沒這回事喔！」

「日……日期得和我外公那邊商量才行……」

「這我知道，可是最好是早一點啊！啊，可是，嗯……」

春雪沒料到仁子會突然變得吞吞吐吐，納悶地連連眨眼。接著仁子將嘴角的笑容轉變為略帶苦澀的笑。

「沒有啦，我只是想到一件事……想到說反正遲早要打的，不如乾脆就在去吃現採的櫻桃前，先跟那些傢伙做個了斷。」

「……也對，我也非常希望能這樣。」

黑雪公主也深深點頭。

所謂的那些傢伙，當然就是加速研究社——也就是白之團「震盪宇宙」。在今天的七王會議上，仁子提議的七大軍團聯合進攻方針已經通過。但除非能夠以確切證據明示研究社大本營所在，否則這個決議就不會發動。

「請問……」

春雪拎著一顆剩下不多的櫻桃，切換過意識，對兩個王問起：

「藍之王說要是有人帶來大本營的情報，就要派偵察隊去檢查現地的對戰名單，但只靠這樣，應該沒辦法確定永恆女學院所在的『港區第三戰區』就是研究社的據點戰區吧……」

「你說得對。」

黑雪公主一邊伸手去拿冒出水珠的牛奶玻璃杯，一邊點頭回答：

「因為研究社的社員多半全都是震盪宇宙的團員，而港區全區都是震盪宇宙的領土。他們應該會靠著支配戰區的軍團特權，讓自己的名字不用出現在正規的對戰名單上……」

「那……要怎麼做，才能提出證據……」

就在春雪輕咬嘴唇的時候……

仁子在椅子上端正坐姿，發出更多了幾分正經的嗓音：

「在這之前，先讓我道個歉。」

「咦……？」

「其實我來這裡就是為了這件事。春雪……還有黑雪，今天會議上，我沒事先跟你們商量過就衝動發言，不好意思。」

仁子對餐桌深深一低頭，帶動雙馬尾甩動。

即使春雪基本上料事不準，也猜出了仁子是指哪一件事。就是她在會議開到中場階段，提議聯合進攻加速研究社的那件事。

這的確多少顯得唐突。但就結果而言，理應已經成功地對Ivory Tower與白之團施加了一定的壓力，春雪倒是覺得沒有必要鄭重謝罪。

黑雪公主似乎也有了同樣的感想，露出淡淡的苦笑拍拍仁子右肩。

「不必說得這麼鄭重。要是妳不說，就會是我提出類似的提議了……不過也是啦，如果妳能事先跟我說一聲，我想也許可以配合得更好。」

「問題就在這裡啊。」

仁子抬起頭來，不改臉上嚴肅的表情，朝窗外看了一眼。

「……我就老實說吧。關於今天的七王會議，我之所以沒能事先和你們商量，是因為我們內部的意見都還有分歧。」

「分歧……？」

春雪自言自語地複誦，仁子就在眼神中附上了令人覺得她不愧是王的魄力回視他。

「沒錯。簡單說，就是有團員，不，是有幹部主張不應該再和黑暗星雲建立更深的關係。只有聯合進攻這件事，我總算勉強在即將召開會議前說服了他們。」

「幹部，也就是說……是Pard小姐級的……」

「對。和Pard同位階的『三獸士（Triplex）』之中的另外兩人……我話先說在前面，他們兩人都非常重視我還有日珥，雖然也許就是因為這樣……他們覺得光是現在和黑暗星雲締結無限期停戰協定，就已經危及了日珥的立場。這是沒錯啦，畢竟你們就是和其他五個軍團正面開戰。團員會覺得遲早我們也會受到波及，身為團長，我也不是不懂這種心情。」

「原來如此……關於這一點，他們兩位的擔心也是很有道理。畢竟現在這種狀況，就隨時都可能讓Radio那種傢伙拿我們之間的停戰協議當成理由，要你們從六大軍團互不侵犯條約中退出啊。」

「妳說得這麼冷靜是要我怎麼回答？」

仁子苦笑了一會兒，在椅子上改成盤腿坐姿，把雙手放到苗條的腳踝上。她維持這個姿勢沉默了一會兒，突然以有幾分粗野的口氣說：

「其實，就我來說，我是已經覺得我們軍團和黑暗星雲是命運共同體。」

「咦……」

仁子和瞪大了眼睛的春雪一瞬間視線交會，隨即莫名地撇開臉去，加快速度說個不停：

「不是嗎？如果五大軍團要對黑暗星雲展開總攻擊，到時候我們作為領土的中野第一戰區應該就會變得很礙事。可是如果他們要我們交出領土，我們就乖乖聽話，那這軍團的招牌真的是白掛了。到頭來，我們軍團也就只能和你們正式組成同盟，並肩作戰啊。」

只能這樣嗎？春雪內心有疑問，黑雪公主則實際問出來：

「不，應該還有另一個選擇吧。就是和五大軍團組成同盟，一起攻打我們。如果是這樣，你們應該就不必奉上中野第一戰區的支配權。」

「……不，這我辦不到。」

「仁子，妳這麼說我們是很感謝，可是我們也不想平白接受施捨。如果不是基於對等立場組成同盟，我們的軍團招牌才真的是白……」

「才不是施捨！」

仁子再度碰響椅子站起。她背著從背後窗戶射進的陽光，一頭紅髮有如火焰般閃閃發光，正視黑雪公主說：

「我是說如果杉並變成藍色（獅子座流星雨）還是綠色（長城）的領土，我會很為難！」

「為什麼會為難？」

黑雪公主口氣冷漠，卻散發出一種姊姊開導妹妹似的氣氛，抬頭看著仁子。

「這……這是……因為……」

但黑雪公主鎮定的表情，卻在聽到仁子接著所說的話之後，立刻轉為震驚。

既然連黑之王都會吃驚，對春雪來說更是震驚得差點連人帶椅往後翻倒。

仁子握緊雙拳，從全身擠出聲音似的大喊：

「那是因為我明年說不定會進梅鄉國中啦！」

「咦……咦咦咦～～～？」

仁子先朝這麼大喊的春雪白了一眼，然後坐回椅子上，一口氣喝完剩下的牛奶，用左手手背用力擦了擦嘴角。

的確，現在仁子所住的練馬區全住宿制學校，離杉並區的梅鄉國中並不是很遠。只要搭公車，單程應該只要二十分鐘左右。但仁子的學校應該是國中國小一貫體制。如果要就讀其他國中，不就非得離開宿舍不可了嗎？

而且為什麼要進梅鄉國中？雖然好歹算是升學校，但練馬區應該也有同水準的國中。如果理由是想和春雪、千百合與拓武上同一間學校，那確實令人高興，但又覺得仁子——高傲的紅之王，不會只為了這種心情來決定自己的升學志願。

春雪猶豫了，不知道該不該把這幾個疑問說出口。

但仁子彷彿看穿了一切似的瞪了春雪一眼，嘆了一口氣，然後開始說起：

「這說起來有夠長的……我就讀的學校叫作『遺棄兒童綜合保護育成學校』，有些小小的獎學制度。就是會對成績優秀的前幾名學生，給予就讀其他國中的機會……」

「成績優秀？」是黑雪公主問的。

「前幾名？」是春雪問的。

仁子一瞬間差點連雙馬尾都要倒豎起來，但最後還是只哼了一聲就恢復原來的表情。

「是啊。我話先說在前面，我可不是用『加速』作弊……然後，怎麼說，我也在今年的名額裡，也差不多該決定志願了。看是要放棄就讀其他學校，去讀育成學校（我們學校）的國中部，還是去找一間外面的學校讀。這種事沒辦法輕易決定，所以我就找Pard商量，結果她只想了一秒鐘就說了……說那去讀梅鄉國中就好了。」

「是……是Pard小姐推薦的？」

「對。上週她看到你們的校慶，好像想了很多。說從國中就那麼尊重學生自主性的學校是很少見的。」

「學生的自主性……妳說梅鄉國中……？」

仁子的話讓春雪大為納悶。

當然他不曾和其他學校比較過，但並不覺得梅鄉國中的校風特別自由。畢竟老師會出很多功課，而且要是學生做了什麼壞事，管理部的職員也會立刻跑來。先前Dusk Taker也就是能美征二，為了陷害春雪而把小型相機藏在女生淋浴間時，管理部就發出整棟體育館禁止進入的緊急通知，把事情鬧得沸沸揚揚。

但春雪還在不解，另一邊的黑雪公主則面不改色地點點頭。

「也是，這多半就是我們學校最大的好處，更正，我是說優點。雖然春雪看來是沒能切身感受到，但像梅鄉國中這麼任由學生自由使用神經連結裝置與校內網路的學校可沒有幾間。畢竟有很多學校根本就禁止在校內進行完全潛行。」

「順便告訴你們，我們學校的國中部也全面禁止。聽說Pard就為了這個而煞費苦心。」

春雪看著這麼補充的仁子，恍然大悟地點點頭說：

「也就是說，要是讀禁止完全潛行的學校，身為超頻連線者就會多出很多麻煩……？」

「才不是！不，這的確是其中一個理由，但是這很不重要！」

仁子先大聲喊完，才換上有點難為情的表情說下去：

「該怎麼說，這是我也親身感受過，梅鄉國中就是讓人覺得氣氛有點鬆散，不是嗎？我這可是在誇你們學校喔。你們記得吧，我不是曾經為了查出春雪的現實身分，跑去梅鄉國中到處參觀嗎？當時我也有過這種感覺。覺得說私立的升學校不管是哪一間，整間學校都有令人緊張兮兮的氣氛，可是梅鄉國中就不太有這種感覺。」

「相信理由一定是我們學校有專為學生打造的避難去處吧。」

聽黑雪公主這麼說，春雪驚覺地瞪大眼睛。

這次他立刻聽懂了黑雪公主指的是哪裡。因為春雪一年級時，每次一到休息時間，都會躲進那個地方。

「是校內網路……對吧？可是其他國中總不會連校內網路都沒有吧……？」

「想來是有，但很少學校會在裡面設置學生用的VR空間。畢竟梅鄉國中的經營母體是民間企業，看來是作為神經連結裝置活用教育的範本，在收集各種資料。不過姑且不說這些背後的因素，那個讓學生可以自由選擇虛擬角色，在裡面聊天或玩玩遊戲的空間，成了能讓學生們鬆一口氣的地方，這點是錯不了的。」

「對喔……在校內網路裡，大家的確待得很自在很開心。雖然我最近好一陣子沒去……」

「那是因為你找到了可以取代校內網路的地方吧？一個叫作加速世界的地方。」

聽她在微笑中指出這一點，春雪就點點頭說的確是。要不是成了超頻連線者，即使沒有荒谷等人霸凌他，春雪多半現在仍然每到午休時間，就會躲進那個地方。

「……從這種角度來看，加速世界對我來說，就是用來逃避現實世界的避難所嗎……」

這次換仁子回答了春雪的這句自言自語：

「才不是只有你啦。對我和黑雪，還有其他所有超頻連線者來說都是這樣。可是，不只是這樣。我們也能在那個地方，找到讓自己不再逃避，往前邁進的勇氣。不是由外界給予，是從自己心中找到。所以，哪怕損失了所有點數、失去BRAIN BURST、失去加速能力，連自己曾是超頻連線者的記憶都失去，一定還是有些東西會留在心中。我是這麼覺得。」

「…………仁子。」

春雪並未料到仁子會說出這麼一番話來，喊了這位比他小兩歲的朋友一聲。

他有很多話想說，但全都無法輕易化為言語。仁子看到春雪一再咬著嘴唇，笑瞇瞇地露出笑容，顯露出她這年紀應有的天真。

「校慶的時候我也說過一樣的話……說我一直害怕喪失所有點數。想說我不是Originator，也不是純色角色，遲早會被別人給幹掉……可是，黑雪不是幫上代……幫Red Rider傳話給我嗎？那個時候我就想到，不，是體認到了一件事。體認到我的眼界真的好小。」

不知不覺間，時刻已經過了下午五點，從南邊窗戶射進的陽光顏色已經變得相當濃。留在玻璃碗裡的櫻桃表面上所凝結的水珠，被陽光照得閃閃發光。

「我……都只想到自己。」

仁子吐露的心聲，微微撼動了這些水珠。

「我老是想著要是我不振作起來，領土就會被占領，或是團員就會跑掉之類的念頭，一直在隱藏自己的脆弱和恐懼。可是會有這樣的想法，其實就表示我不是真正相信同伴吧？……上代他不就說過之後就交給我嗎？像這樣能完全相信一個人，把自己掛心的事物交給對方，這應該才是真正的堅強吧……」

「………仁子……」

春雪又叫了一聲，然後深深吸氣，說道：

「才沒有什麼軍團長就不能說喪氣話這種事。覺得難受，覺得痛苦的時候，只要去找同伴依靠就好了。講什麼軍團長、王，其實大家都一樣是超頻連線者。像學姊就不知道在我面前哭過多少……」

踩下。

黑雪公主在桌子底下毫不留情地踏住春雪的腳尖，讓他安靜下來之後，接過了話頭：

「沒有誰不怕掉光點數的。像我就因為太害怕受到那些王的集中攻擊，整整兩年出門時都不敢連上全球網路。也不想想我都解散了軍團，也放棄升上10級，根本就沒剩下任何需要保護的事物……但我還是難看地死抓著自己是超頻連線者這件事不放。雖然現在看去，我已經連到底是什麼東西讓我這麼執著，都已經想不起來了…………啊，不，對喔…………」

黑雪公主似乎從自己的話裡注意到了些什麼，露出淡淡的笑容。

「說不定，這也是拜梅鄉國中校內網路所賜。我是認為只要在那個小小的虛擬世界裡等待，總有一天會有人出現，把我從深沉的黑暗中拉上去……──而我的預感是對的。」

春雪左腳腳尖仍被輕輕踏住，又被這雙黑色的眼睛直視，讓他難為情地縮起脖子。但他並不逃避自己劍之主的視線，默默地回望。

「你們喔，今天是我先來的好不好！好啊，我就趁你們深情對望的時候，把剩下的櫻桃全部吃光！」

仁子用摻雜幾分拿他們沒轍的嗓音這麼一喊，就要把玻璃碗拉到自己身前，緊接著黑雪公主就很乾脆地立刻從精神與物理兩方面都放了春雪，自己也伸出手去。

「喂，整碗端走太卑鄙了！」

剩下幾顆櫻桃轉眼間就遭到消滅，裝牛奶的玻璃杯也空了。

仁子呼出一口氣，深深靠到餐椅的椅背上，心滿意足地說：

「謝謝招待。真想讓Pard也嚐嚐啊……她正在找好吃的櫻桃，要放到店裡限量的新鮮草莓塔上。」

「這樣啊？那妳明天回去，就帶一些去當伴手禮給她吧。」

「可以嗎？不好意思，謝啦。」

仁子先站起來，朝春雪一鞠躬，才換成平靜的表情說下去：

「……剛剛說到Pard推薦我去念你們學校的理由，當然校內網路的功能很充實，還有校慶超好玩的這些，應該也都是理由沒錯……可是該怎麼說，我總覺得她看得更遠。她是要我好好考慮現實世界的我，還有加速世界的我，以後想變成什麼樣子……要我花三年時間好好考慮這些問題，才覺得我最好去讀梅鄉國中。不過這也只是我的想像啦。」

仁子的話太抽象，讓春雪一時間無法理解。

所謂現實世界的將來，指的是生涯規劃嗎？春雪現在就讀國中二年級，但老實說他對生涯規劃只想過一件事。而且就只是想和黑雪公主上同一間高中，這種意願有點欠缺主體性與現實性。

若是在加速世界，他就有個更明確一點的目標，那就是要打倒加速研究社與白之團，還要攻略禁城與「八神之社」，並和藍、綠、黃、紫等四王決戰。而且仔細想想，這些目標也只不過是在追逐「以升上10級為目標」的黑雪公主背影。

——可是，這樣就好。因為我已經決定要追隨學姊到底。

這次換春雪望向黑雪公主，看見這對漆黑的眼睛以包容一切的深邃光輝回應。眼看深情對望模式又要發動，仁子刻意清了清嗓子，把場面上的氣氛重置。

「總之啦！怎麼說，這些都還沒確定，你們只要知道也有這個可能性就好了。等正式決定以後，協定大概也得更新版本，到時候我們就再把幹部也召集過來開會討論。」

春雪聽她說得流利，愈聽愈覺得似乎不需要大驚小怪，忍不住點頭「嗯」了一聲。黑雪公主則並未立刻回應，先思索了一會兒，然後整個上半身轉過來面向仁子。

「仁子，妳剛才提到了軍團長的責任。也就是說……這和妳來上梅鄉國中這個選擇並不是沒有關係，我這樣想沒錯吧？」

這次這個問題終於完全超出了春雪的理解。

——記得學姊在會議上，也和綠之王講過幾句不可思議的話……

春雪想到這裡，還來不及細想，仁子就強而有力地點了點頭：

「對，妳可以當作是這麼回事。」

「知道了，那我也會做好心理準備。至於該由哪一邊怎麼做，這個問題就等改天有機會再談吧。」

黑雪公主點頭回應，看了春雪一眼，輕聲微笑著說：

「春雪，不好意思，說了這麼多話，我口都渴了。如果可以麻煩你泡個茶來，就太令人高興了。」

「大哥哥，我要奶茶！不要太苦的喔！」

仁子突然切換到天使模式露出天真的笑容，讓春雪覺得似乎錯過了問重要問題的機會，但還是站了起來。

「學姊也喝紅茶就好嗎？」

「嗯，我也和仁子喝一樣的就好。啊，我不要加糖。」

「……我也不要！」

「國小生不用勉強自己。」

「妳……妳這女人，就跟妳說我不要了。」

春雪一邊聽著她們兩人的對話，一邊把已經見底的玻璃碗和三個玻璃杯都放到托盤上。接著就在他正要把裝櫻桃種子與蒂頭的小盤子疊起來時……

「啊，對了。我說春雪，這種子要是丟進盆栽裡，會發芽嗎？」

聽仁子這麼問，春雪以要歪不歪的角度把頭往旁一側。

「嗯～我以前也想過要種種看，於是查過試過很多方法……從結論來說，不是不可能，但是相當難。」

「哦？那在你外公家，是怎麼種植櫻桃樹的？」

黑雪公主也興味盎然地問起。

「請等一下，我先去泡個茶來。」

春雪這麼回答後小跑步回到廚房。

他從冰箱拿出礦泉水倒進熱水壺，放到設定成高速沸騰模式的電磁爐上。由於趕著要快點泡好，於是不選茶葉，改用茶包——說是茶包，但用的也是母親愛喝的高級茶包，放進茶壺之中，並趁煮開水的空檔把玻璃碗和杯子洗乾淨。這些餐具經過奈米科技超撥水加工處理，只要輕輕一甩就能把水滴甩乾淨，所以就這麼放回櫥櫃。

接著把煮開的熱水慢慢倒進茶壺，迅速備齊三人份的茶杯、茶碟、湯匙與裝滿了牛奶的奶盅，為防萬一還不忘帶上糖罐，端回餐桌上。

「久等了。」

春雪邊說邊開始排放茶碟，黑雪公主就笑著說出評語：

「春雪，你做起家事變得這麼俐落啦？」

「咦……會……會嗎……最近我的確是能做的事情都盡量自己做，但離能烹飪出像樣的料理就還差得遠……」

結果換仁子嘴角上揚地笑說：

「可是，上次你們做的咖哩就挺好吃的呢。Pard好像也很中意。」

「那個時候我也只是負責削馬鈴薯的皮啦……料理的核心部分幾乎都是小百和四埜宮學妹弄的……」

「是喔？那黑色的做了什麼？」

「我……我也切了甜椒啊！把那些紅得和遠戰紅色差不多的甜椒切切切！」

聊著聊著，紅茶也都泡好倒完，於是春雪清了清嗓子，吸引她們兩人的注意。

「呃——那，說到櫻桃種子……」

「啊，對喔對喔。在農家是怎麼種的？」

「果農差不多都是買樹苗，再來就是接枝吧。因為食用櫻桃的種子發芽率很差……不過，似乎不是絕對不可能。」

「哦？是有什麼訣竅嗎？」

「這個嘛……」

春雪從留在桌上的小盤子裡，拿起一顆黃褐色種子。

「我之前試過的，就是先把這種子洗乾淨，做好避免乾燥的處置，然後放到冰箱裡保存一陣子，把長出根的種子種進土裡……方法是這樣沒錯，但只有很小一部分種子長出根，而且種了也沒發芽。雖然也可能是土壤不合。」

「唔，可是，至少是成功讓種子長出根。」

仁子這麼一說，右拳在左掌上一拍。

「好，來種吧，現在就來種。」

「………啥？」

「嗯，畢竟當機立斷就是黑暗星雲的座右銘。」

「…………可……可是，放冰箱這一步是在我家也能做沒錯……可是之後要種在哪裡？」

「這個我們日後再慢慢考慮吧。首先要洗種子是吧？借一下廚房嘍。」

黑雪公主發動Pard小姐級的急性子技能，拿起小盤子就要起身，春雪趕忙制止。

「啊，不，只用手洗會沒辦法把黏黏的部分洗乾淨……還是先喝杯茶再說吧。」

「是嗎？那我不客氣了。」

黑雪公主小心翼翼地把牛奶滴到倒了紅寶石色紅茶的茶杯裡，慢慢攪拌。仁子則形成鮮明的對比，豪邁地把奶盅往茶杯一倒，只攪拌了一圈就送到嘴邊。

春雪自己也先喝了一口還加了糖的紅茶，然後才對兩人問起：

「只是話說回來，為什麼仁子和學姊都突然對栽培櫻桃有興趣？」

「那還用說！只要種出果樹，不就愛吃多少都行嗎！」

「我……我說啊，就算發了芽，照顧樹苗又另有不同的困難，而且就算順利長大，到開花結果也要花上五年啊！」

「區區五年，有什麼不能等的？」

黑雪公主回答得若無其事，春雪啞口無言地看了她一眼。

「只要由我們……不，就由軍團所有團員一起照顧就好了，還可以期盼著不知道哪一天會開花結果。對了，說到地方，我想種在小咕那間小木屋旁邊應該不錯吧？畢竟是後院，而且那裡日曬又很充足。」

「…………」

春雪遲疑了好一會兒，不知道怎麼回答。

五年。這麼一段時間，對現在的春雪而言簡直遙不可及。五年後，仁子會是十七歲，春雪則是十九歲……而黑雪公主則是二十歲。

自己能當超頻連線者當到那個時候嗎？還能和現在一樣熱心地在加速世界對戰嗎？雖然很希望這樣，但他沒有絕對把握。說不定到時候BRAIN BURST這個遊戲就已經有人破關，所有超頻連線者都已經喪失加速世界的記憶。

仁子剛才說過的那句話忽然在耳邊復甦。

一定還是有些東西會留在心中。我是這麼覺得。

——沒錯。哪怕BRAIN BURST，以及和這個遊戲相關的記憶都遭到剝奪……總不會連在現實世界中得到的事物都全部失去。

學姊把我從霸凌的泥沼中救出來。

仁子扮成親戚混進我家。

小百和阿拓、楓子師父和四埜宮學妹、Pard小姐、可倫姊、綸同學……和大家一起去過各式各樣的地方，有過許許多多的歡笑。這些記憶都將永遠留在心中最深的地方。

就像一棵在土壤裡紮根，吸收日光而讓枝葉長得茂盛的小櫻桃樹。

「……說得也是，如果種在小咕家旁邊，我就能每天去照料它了。」

春雪先對黑雪公主點點頭，然後望向仁子說下去：

「仁子，到了明年妳就來讀梅鄉國中吧。然後進飼育委員會。這樣一來仁子也可以照顧小咕和櫻桃樹了。」

仁子明明是自己提議，聽春雪這麼說，卻驚訝地瞪大雙眼。

然後撇開臉去，連連眨動幾次長長的睫毛，並以聲調一如往常但含有少許顫抖的嗓音反駁說：

「我說你喔，就說了還沒有正式決定了好不好？而且我放學後還得去Pard店裡幫忙。如果我去上你們學校，要我進委員會也行，但先跟你說清楚，我可沒辦法花太多時間在上面！」

黑雪公主聽她這麼說，就默默露出微笑，左手輕輕拍了拍仁子的背。

「沒關係啦，既然妳有可能入學，至少也得先做好準備。所以呢——今天要辦個超級高難度模式的讀書會，就從現在開始！」

「咦……咦咦咦咦？」

春雪大喊一聲，回過頭來的仁子也以一如往常的聲調嚷嚷：

「喂，黑雪妳給我等一下，我今天是打算來辦復古電玩大賽……」

「就是啊學姊，我上週弄到了一款只能用俯衝下踢的格鬥遊戲……」

「春雪，我說你喔，至少你應該是沒有立場講這種話吧！三天後就是期末考了啊！」

「……對……對喔……」

黑雪公主在垂頭喪氣的春雪面前高聲拍響雙手，說道：

「那，我們就先把櫻桃種子洗一洗吧。要是有菜瓜布之類的應該會比較好用！」

「…………好……好的，我去拿來……」

春雪站起來，為了拿菜瓜布而出發前往廚房。

4

「哈呼哈啊啊啊啊～～～……………唔唔。」

春雪整整花了五秒鐘以上打了個長長的呵欠，然後朝虛擬桌面右下方的時鐘看了一眼。

七月八日星期一，上午六點五十分。天氣是多雲，氣溫與濕度都已經開始迅速攀升。眼前環七大道上走向車站方向的人們，腳步也顯得有些沉重。

春雪之所以比平常早了足足一小時走出家門，是因為送要先回家一趟再上學的黑雪公主與仁子。她們兩人在幾分鐘前，分別搭公車與計程車各往北方與南方離開，這個突發性的過夜聚會轉為超難模式讀書會就這麼散會，但由於難得有黑雪公主親自來教功課，春雪努力念書念到深夜兩點左右，確實多少有些睡眠不足。

他本來打算說既然要送她們走，乾脆自己也早點去上學，所以做好了上學的準備，但還是不免動念想回家睡個三十分鐘再說，但又想到這是杯水車薪，就這麼煩惱了好一會兒，這才斬斷睡回籠覺的誘惑，開始沿著人行道往南走。

如果今天是星期二，等著他的就是與Ash Roller之間已經變成慣例的「晨間對戰」，保證會立刻清醒，但很遺憾的今天是星期一。考慮到日下部綸才剛擺脫ＩＳＳ套件的精神干涉，身體狀況可能還沒恢復，於是講好上週休戰，所以明天就是久違的晨間對戰。

——記得上一場對戰打輸的是我，所以明天應該是由Ash兄開啟對戰。那次我是敗在他連人帶車鑽進沙地然後從我腳下發射飛彈的策略……下次如果又抽到「沙漠」空間可得小心……

春雪想著這樣的念頭，正要往右彎進中央線高架鐵路下方的道路，背後就遭到了攻擊。

「早啊——————！」

一聲充滿力道的招呼聲中，有人重重在他背上拍了一記。

「好痛！」

春雪本來有點駝背的身體猛力往後弓起，尚未轉身，就喊出了這個唯一會對他打這種強力招呼的人物的名字：

「小……小百妳幹嘛啦！」

「我是看你走得那麼不帶勁，才幫你加把勁啊！」

這個說著挺起胸膛的人不出春雪所料，就是倉嶋千百合。她穿著T恤搭運動褲，斜背著一個有點大的運動提包。

「……是妳一大早就太有精神啦……」

春雪先小聲這麼回答，才走到這位兒時玩伴身旁。

千百合要參加田徑社的晨間練習，每天早上差不多都在這個時間就去上學。春雪完全忘了這件事，正偷偷鬆一口氣，心想還好和黑雪公主她們在一起的時候沒被她撞見。但緊接著身旁就飛來一個問題。

「小春，你今天是有什麼事嗎？」

「咦？什……什麼叫作有什麼事？」

「因為你平常都是拖到預備鈴要響了才到學校，為什麼今天這麼早？」

「我……我偶爾也會想早點去上學啊。」

「哦～～～？」

不但聲調充滿狐疑，往旁一瞥，就偷看到她的側臉也充滿了疑心。

春雪無意義地重新把書包背好，正以不知不覺間睡意全消的腦子思索這個時候該拿期末考的話題應付過去，還是該提期末考後的田徑大賽，又或者該拿天氣預報說將會在這週內下完的梅雨……

救兵從他完全意想不到的地方殺了過來。

這個啪的一聲迴盪在整個腦海中的巨響，無疑就是加速聲。接著視野中出現告知有挑戰者出現的訊息。

——被……被挑戰了？今天是星期一耶，為什麼？難不成綸同學搞錯星期幾了？就算是這樣，總覺得時間也未免太早了吧！

春雪的意識有一半陷入混亂，另一半則自動切換到對戰模式。

春雪掉進有著點點火星灑落的虛擬黑暗當中，化為對戰虛擬角色「Silver Crow」，下到彈性異常強的地面上。

往四周一看，無論道路還是建築物，都有著四十五度傾斜的紋路。紋路所形成的每一個正方形約有八十公分，整整齊齊地隆起，簡直像由巨大的軟墊組成——不，實實在在就是軟墊。這裡是自然系木屬性的「緩衝」空間。所有地形物件都裹著一層厚實而牢固的緩衝材，既無法輕易破壞，撞到物件的損傷也很小，是十分罕見的空間。就連開在不遠處環七大道上的車輛，也都有著圓滾滾的布偶般造型。

目前建築物上方並沒有看到觀眾的身影。多半是因為時間還早，而且也不是莫名受歡迎的「Ash-Crow戰」開打的日子。

春雪看清楚狀況後，立刻注視顯示於視野右上方的對戰者體力計量表。他本來以為如果不是綸弄錯星期幾，多半就是才剛道別的仁子或黑雪公主為了某種理由而開啟對戰。但顯示在上面的虛擬角色名稱，卻完全出乎他意料之外。

【Chocolat Puppeteer】。等級是5級。

「巧……Choco……不對，是Chocolat Puppeteer？」

春雪的驚愕接著又被正後方發出的嗓音增幅。

「休可妹妹為什麼會來挑戰？」

「嗚哇！」

春雪急忙跳開，戴著黃綠色尖帽的「時鐘魔女」Lime Bell就投以拿他沒轍的視線。

「我剛剛還在你旁邊，幹嘛這麼大驚小怪？」

「沒……沒有啦，我是沒想到妳會設定觀戰……」

「我們都互相設定自動觀戰，沒進來看才讓人吃驚吧？而且我才要說你呢，明明就在領土內，為什麼會被人挑戰？」

「沒有啦，這個……我是怕綸同學，不對，是怕擋掉Ash兄的挑戰，所以最近只有上學的時候都有打開接受對戰。」

「哦～～～」

千百合儘管語尾拉得格外長，但所幸似乎接受了這個理由，再度將視線拉回挑戰者的體力計量表上。

「雖然等級從4級升到5級……錯不了，的確是休可妹妹。上上週在世田谷見到……」

「嗯……」

春雪點頭歸點頭，卻也想不出還有什麼話可說。

Chocolat Puppeteer是春雪與千百合在前往無限制中立空間的世田谷第二戰區時遇到的超頻連線者，也是個叫作「Petit Paquet」的小規模軍團團長。

但當時她的團員Mint Mitten與Plum Flipper，都遭到以世田谷為巢穴的Magenta Scissor所下的毒手，感染了ISS套件。Magenta還想進一步讓Chocolate也感染而跑來攻擊，春雪就和她大打出手，儘管被剪刀攻擊打得陷入苦戰，但總算勉力擊退了她。

之後再靠千百合的香櫞鐘聲，淨化了寄生在Mitten與Plum身上的ISS套件，Petit Paquet的三人應該已經找回了友情。那麼她現在為什麼會出現在杉並區，而且還找春雪對戰呢？

「……難道，Choco妹妹被ISS套件……」

聽千百合以沙啞的嗓音這麼說，春雪用力搖了搖頭。

「哪有可能！ISS套件已經全滅了，事到如今不可能再出現新的感染者！」

春雪喊歸喊，視線卻始終定在顯示於視野下方的導向游標所指的南方。

緩衝空間的地面與建築物，都統一有著奶油白、米黃、淺綠或淺咖啡色等明亮的配色。所以全身黑褐色的Chocolat Puppeteer應該會很醒目，但目前春雪仍然無法在視野內捕捉到她。

想來她應該是從這杉並第二戰區與Petit Paquet作為據點的世田谷第二戰區之間的界線開啟對戰。如果真是如此，Chocolat Puppeteer應該沒有高速移動能力，距離和她接觸應該還要花上一些時間。

「Crow，怎麼辦？」

千百合問得不安，春雪先深呼吸一口氣，然後回答說：

「在這裡煩惱半天也不是辦法，要怎麼辦就等遇到以後再決定。如果她真的又被套件感染，就想辦法淨化吧。到時候我想又得靠妳幫忙，麻煩妳先做好心理準備。」

「…………嗯，知道了。」

春雪先對仍顯得不安的千百合強而有力地點點頭，然後走向不遠處的高架橋橋墩，朝著被巨人尺寸軟墊裹住的橋墩打出一拳試試看。

虛擬角色的拳頭深深埋進厚實的緩衝材，但立刻就被彈了回來。這摸起來像是合成皮的表層幾乎連一點損傷的痕跡都沒有。

「看這樣子，是沒辦法靠破壞地形來累積必殺技計量表了……」

「我也是第一次看到這種場地，不過聽說不管是槍彈、刀劍還是電鑽都打不壞。」

「嗚哇，也就是說物理攻擊幾乎完全沒用喔？」

春雪回答完，千百合正要說話，聲音卻突然消失。

斷線——並非如此。導向游標也同時消失了。也就是說，是因為原本以為還在遠處的Chocolat Puppeteer接近到十公尺之內，觀戰的Lime Bell才會被強制傳送到別的地方。但Chocolat到底是在哪裡——

幾乎就在春雪視線朝四周掃過一圈的同時……

一個小小的人影，從開在不遠處環七大道上的布偶公車車頂跳了下來。她在地面劇烈彈跳，撞到附近的大樓後再度反彈，在空中翻了好幾個筋斗，下到春雪眼前。儘管做出這麼華麗的動作，這人似乎並未受到任何損傷。

一頂有著大片帽簷的淑女軟帽，撐往四面八方的篷篷裙，以及光澤亮麗的巧克力色裝甲。來人無疑就是Chocolat Puppeteer。

「…………！」

春雪迅速擺好備戰姿勢，同時注視Chocolat的胸部裝甲。

如果她受到ＩＳＳ套件寄生，胸部應該會含著那令人不舒服的黑色眼球。但Chocolat的裝甲顏色本來就相當暗，一時看不清楚是否有套件存在。

春雪一邊凝神細看，一邊慢慢往前進。

Chocolat則對他的動作起了防衛反應而舉起雙手。

春雪心想她多半是受到精神干涉，正要一咬牙時——一個尖銳的叫聲貫穿了他的聽覺。

「你……你在打什麼主意，你這變態！」

「咦……變……變態？」

春雪趕緊拉起視線一看，看到Chocolat以左手遮住胸口，右手食指筆直指了過來。

「虧我特地跑來找你，結果一見面你就一直死盯著人家的身體，色鬼！Silver Crow，我對你太失望了！」

「這……不……不是……」

春雪趕緊連連搖動頭部與雙手，但這時上方又傳來別的喝罵。

「就是啊就是啊，好色喔～！」

「以後就叫你白淫鴉！」

春雪抬頭想看看是哪裡來的什麼人要硬塞這種史上最糟糕的綽號給他，結果看到環七大道對面的一棟大樓上有著三個人影。

從春雪的角度看去，站在最左邊的是一個雙手戴著大型手套，有著明亮水藍色的女性型虛擬角色。是Petit Paquet的團員Mint Mitten。

正中央是個像是手腳嵌上巨大糖果的女性型虛擬角色。從她一身紅紫色的裝甲看來，多半就是同樣參加Petit Paquet軍團的Plum Flipper。而更右邊則可以看到Lime Bell老實不客氣地待在她們身旁觀戰。

「我……我不是變態，也不是色鬼！我只是擔心Choco她被ＩＳＳ套件感染……」

「哪有可能！還有你這種叫法也太會裝熟了吧！」

看到Chocolat連連指個不停，春雪再度抗辯說：

「明……明明就是妳說可以叫妳Choco的！」

「話……話是這麼說沒錯啦……」

「而且妳的虛擬角色應該不是照法語唸成『休可拉帕佩塔』，是唸成『巧克力帕佩提爾』才對吧！」

「你……你很煩耶！因為念休可拉比較可愛，而且帕佩塔也比較好叫啊，你有意見嗎！」

春雪忍不住和講得揮起雙手的Chocolat吵到這裡，才驚覺地回過神來。

他再度注視Chocolat那沒什麼起伏的胸部裝甲，但看不到類似ＩＳＳ套件的物體。看她的言行舉止，似乎也並未受到精神干涉。

但若是如此──

「意……意見是沒有啦……Choco，那妳為什麼一大早跑來找我對戰？妳們今天應該也要上學吧？」

「這…………」

Chocolat正要說話，卻又先緊閉雙唇，再度以右手手指指向春雪。

「這件事就等你打贏我，我再告訴你！」

「咦，要對戰？」

「那還用說！我可不會手下留情喔！」

Chocolat將伸出食指的右手握成拳頭，重心放低。只見她一雙穿著跟鞋的小腳深深陷進地面的緩衝材——

下一瞬間，Chocolat就以猛烈的速度衝了過來。

「嗚哇！」

春雪趕緊雙手交叉，擺出防禦姿勢。但Chocolat小小的拳頭鑽過他的格擋，在他的下顎打個正著。

春雪聽見鏗的一聲衝擊聲響直貫腦門，上身往後仰倒。他拚命想恢復平衡，但Chocolat又搶先一步用力踏在地板的軟墊上。

接下來的攻擊，是來勢比第一招更猛烈的跳躍膝踢。春雪完全無法反應，心窩被頂著正著，整個人往後飛起。

他整個背摔在地面，又被軟墊的彈力高高彈起。Chocolat趁春雪離地時迅速拉近距離，從上方使出一記腳跟下壓踢。

這次春雪勉強格擋住，整個人卻又被打得重重摔上地面。才剛像不倒翁似的彈回來，Chocolat的左旋踢就精準地踢來。

「嘿！」

這記在犀利呼喝聲中使出的旋踢，紮實地踢中春雪的頭部右側。

春雪眼冒金星，被踢得往水平方向飛開。

儘管連續挨了整整四記攻擊，但只要不重重撞上地面，就有辦法恢復平衡。這時就該先拉開距離，再找機會反擊——

彈。

不知不覺間，春雪的左半身已經陷進中央線高架鐵路橋墩表層所裹的軟墊之中。

儘管並未受到衝撞的損傷，卻被一股不容抗拒的壓力猛然反彈回去。

「嘿呀——！」

Chocolat以完美時機打出的右正拳直逼眼前。

體力計量表已經被削減將近三成。如果不找機會截斷她的連續攻擊，難保不會被一路壓制到再也無法反敗為勝的地步。

Chocolat比Silver Crow更小更輕，自己為什麼會被她的拳打腳踢戲弄成這樣呢？那是因為Chocolat利用地面的反作用力來增強拳打腳踢的威力與速度，同時還持續讓春雪失去平衡。也就是說，她熟知在這個緩衝場地裡該如何應戰。

必殺技計量表已經累積了相當多，但還來不及張開背上的翅膀逃到空中，Chocolat的拳頭就會先送到。無論想用手格擋，還是用必殺技「頭錘」迎擊，都來不及。

春雪凝視著直逼眼前的深咖啡色拳頭，拚命摸索轉守為攻的方法。阻止對方連擊的有效手段，就是針對弱點快速地施加一擊。但他只和Chocolat並肩作戰過一次，對她的弱點又能有多清楚——

這一瞬間，一段記憶在春雪腦海中復甦。

他下意識地把嘴張到最大，滑開面罩，用虛擬身體露出的這張嘴，迎向Chocolat的拳頭。

如果換成是Cyan Pile這類大型虛擬角色的拳頭，這一招多半只會換來虛擬身體的顏面遭到痛擊，體力計量表大幅減少的下場。

但Chocolat的拳頭小得可以鑽過交叉格擋，當場沒入春雪張到最大的嘴。之所以會幾乎完全感受不到衝擊，多半是因為Chocolat在最後關頭試圖縮手。緊接著迴盪在整個空間裡的尖叫，就證明了這一點。

「呀啊啊啊啊啊啊！」

Chocolat停下了連續攻擊，左手按在春雪臉上，試圖拔出右拳，但若這時放開她的手，她又會開始連續攻擊。春雪忘我地抓住這條像是從他嘴裡長出來的Chocolat右手，扭轉身體把她拖倒在地。

「你……你……你在做什麼？對戰中這樣是犯規啊！」

「日裡日以喔無餵嘔亞由營呃啊！」

是妳自己說不會手下留情的啊。春雪本想這麼反駁，但嘴裡塞著Chocolat的右手，所以只發得出含糊不清的聲音。而且總覺得嘴裡很甜，很好吃。

「討厭！不……不要一直舔啦——！」

Chocolat的尖叫與觀眾的吆喝齊發。

「你這小子對Choco做什麼——！」這是Mint Mitten說的。

「好羨慕……不對，是好賊喔——」這是Plum Flipper說的。

「Crow，你好色喔～～！」這是Lime Bell說的。

春雪一邊告訴自己說這絕對不色，是頭腦派的策略，一邊繼續動嘴舔拭。

「唔……我……我再也不饒你……！」

Chocolat被春雪按住而奮力掙扎，這時伸出並未受到箝制的左手大喊：

「——『可可湧泉（Cocoa Fountain）』！」

粉紅色的光芒從她的手指頭灑落，讓附近的地面湧出一座巧克力噴泉。

「再接……『創造傀儡（Puppet Make）』！」

從噴泉中冒出一個細瘦身體上有著圓形頭部，造型十分單純的虛擬角色。這是Chocolat Puppeteer創造出來的自動戰鬥人偶。

「巧克人（ChoPet），解決這個舔人鬼！」

春雪看到巧克力人偶——簡稱巧克人——聽了Chocolat的命令而跑過來，只好放開Chocolat

的右手。他暫且丟下還倒在地上喘息的傀儡師不理，起身準備解決巧克人。

他從以前的戰鬥中，學到這個巧克力人偶不怕物理攻擊。弱點是怕熱，怕冰凍後遭到打擊，再不然就是——吃掉。

春雪一邊慶幸觀眾很少，一邊以左手格擋住巧克人的左手。這一拳強烈得不像是人偶打出來的，但不像Chocolat利用了軟墊的彈性，所以還勉強抵擋得住。當巧克人的動作停住，春雪立刻抓住它的右手，用仍然外露的嘴……

「啊唔！」

一口咬下它整個拳頭。

雖然比不上它主人的裝甲，但也相當好吃。而且驚人的是必殺技計量表還微微得到補充。

「…………」

沒有嘴的巧克人默默地慢慢後退。

「…………」

春雪也默默地慢慢前進。

巧克人忽然轉過身去。它衝刺的方向上，有著巧克力噴泉。儘管尺寸已經減半，但仍然剩下大量焦黑色的液體。

春雪直覺想到它多半是要泡進噴泉來讓受損的部分恢復……

「慢著……！」

於是大喊一聲，猛力踏向地上的軟墊。結果一股強得出乎意料之外的反作用力加快了他衝刺的速度，跟上巧克人是很好，但一個用力過猛，讓春雪和巧克人一起栽進了巧克力噴泉。

一種黏稠的感覺籠罩住全身，連嘴裡也有液體巧克力灌進來，讓春雪趕緊閉上面罩。掙扎了好一會兒後才總算站起。

不出春雪所料，染成淡咖啡色的視野正中央，有著右手已經修復的巧克人擺好架式。春雪下定決心，心想沒關係，有多少我都吃，但敵人的情形似乎有些奇怪。明明擺出攻擊姿勢，卻一直定在原地。

「…………？」

春雪一歪頭，就看到巧克人也往同樣的方向歪了歪頭。

春雪並未受到攻擊的理由，在三秒鐘後揭曉了。因為Chocalat從春雪舔舔攻擊造成的震驚中平復，猛衝過來後卻又緊急煞車，大喊：

「這……這是什麼情形！哪一個才是我的巧克人？」

春雪聽到她這麼說，反射性地往下看了看自己的身體。Silver Crow原本有著銀色光澤的裝甲，全身都上了一層巧克力塗層，變成了焦黑色。而這樣一來，他那細瘦身體上有個圓形頭部的形狀，就與巧克人非常相似。看來不只是Chocolat，連自動運作的巧克人也無法把和自己一模一樣的Crow認知為攻擊對象。

「這……這樣太賊了啦！趕快給我露出真面目！」

春雪差點就想對Chocolat反駁說這哪能怪我，接著才驚覺地想到一件事。

他想到雖然的確有點賊，但這豈不是個大好機會？只要能夠再接近一點，就可以套進Silver Crow的必勝套路之中。

春雪刻意模仿巧克人的動作，慢慢轉身。他從巧克力噴泉走出來，大步走向Chocolat。

「咦？巧……巧克人，站住！」

她一下令，春雪就立刻停住。

「……也就是說，那邊那個才是Silver Crow……？」

Chocolat將視線轉到留在噴泉中的真貨。就在這一瞬間——

「其實我才是！」

春雪大喊一聲，撲向Chocolat。他用雙手牢牢抱住這個嬌小的虛擬角色，張開背上的翅膀，還利用地面的彈性一口氣起飛。

「你……你太卑鄙了啦啊啊啊啊————！」

春雪帶著大聲嚷嚷的Chocolat，轉眼間就一起上升到兩百公尺的高度。對戰時間還過不到一半，但想到「之後」的事，差不多是該做個了斷了。

「放……放開我，臭小子！」

「不用妳說我也會放！」

春雪說著雙手一攤。Chocolat在空中連連眨了幾下眼睛，這才倒栽蔥往下掉。

「呀啊啊啊啊啊啊啊——…………」

Chocolat的尖叫聲隨著身影漸漸遠去，春雪則以俯衝追了過去。

這種「抱起來丟下去」戰法，是Silver Crow最單純也最有效的必勝套路。一旦從高空摔到地面，幾乎所有對戰虛擬角色都會受到莫大的傷害。但在這個緩衝場地上，只丟下去多半是贏不了的。

春雪所料不錯，Chocolat重重摔到地面後，深深陷進軟墊，然後猛然反彈回來。

「…………啊啊啊啊啊啊啊啊——————！」

一度小得聽不見的尖叫又再度變得大聲。春雪以右手手刀，在急速接近的Chocolat頭上劈了一記。鏗一聲乾澀的衝擊聲響起，巧克力色的帽子被劈成兩半而碎裂四散。

俯衝與上衝的速度相加讓衝擊得到增幅，Chocolat的體力計量表一口氣被打得剩下不到一半。春雪在空中追過再度往下掉的傀儡師，搶先一步著地後，用雙手接住了掉下來的Chocolat。

他趕緊趁對方還瞪大眼睛時提案說：

「呃，總之就先這樣算是平手如何？畢竟妳似乎也是有事情要談，才會跑到杉並來。」

「…………」

Chocolat Puppeteer先足足沉默了五秒鐘以上，才把失去了帽子這個註冊商標的頭往旁一撇，回答說：

「也好，我就好心答應你吧。」

對戰結束後，春雪回到現實世界，趕緊切斷神經連結裝置的全球網路連線。雖然基本上他也歡迎Ash Roller以外的對手來挑戰，但要是一大早就來個二連戰，上課時多半會打起瞌睡。

他才正鬆了一口氣，身旁就傳來一個含有大量傻眼成分的聲音。

「……小春，你剛才的打法……」

「我聽不見！我什麼都聽不見！」

千百合牢牢抓住春雪想舉起來塞住耳朵的右手，賊笑兮兮地說：

「還好沒有我們以外的觀眾看到。要是被別人看到，你現在一定已經多了很誇張的綽號。」

「妳……妳很煩耶。對戰就是要臨機應變，能用的東西全都要拿來利用，學姊和師父都說過這樣的話啊。」

「就算是這樣，我還是覺得在對戰中一直舔對手實在不太對啊～」

「…………對不起，千百合同學，這件事請對學姊她們保密……」

「要是吃了圓寺屋的義式冰淇淋，我的口風可能就會變緊喔～」

兩人一邊走在高架橋下，一邊進行這樣的對話好一會兒，然後才同時換回正經的表情。

「不過話說回來……」

春雪這麼一說──

「真的是嚇了一跳……」

千百合就點了點頭。

Chocolat Puppeteer答應平手的提議後，用剩下的時間說出了她突然跑來挑戰的理由。這個理由非常令人震驚，春雪也只能說：「我會轉告我們團長。」

現階段他也真的完全無法想像黑雪公主會如何對應。首先得分秒必爭地趕快去報告這件事，請她指示。

千百合多半也在想同一件事，只見她突然小聲喊了一聲：「好！」

「小春，我們用跑的去學校！」

「咦……咦咦咦？」

「只要早點到學校，不就可以在上課前先和黑雪學姊討論？」

「……我……我想今天學姊應該也會比較晚到吧……」

「這種事你怎麼知道？」

對千百合的這個問題，春雪也只能回答：「只……只是隱約這麼覺得。」，他說什麼也不敢說黑雪公主就在二十分鐘前才剛離開有田家。

「等……等到午休時間也沒關係啦。而且小百妳不是有晨間練習嗎？」

「有是有啦。我就是想趕快告訴學姊，嚇她一跳嘛！」

「哎，學姊聽了這個應該是會嚇一跳啦……不管怎麼說，如果等到午休時間，說不定師父他們也可以透過遠端連線入口參加會議。」

「嗯～也是，這樣也許比較好。」

千百合也表示同意，春雪這才暗自鬆了一口氣。要是在這麼悶熱的天氣下跑步，難保不會還沒跑到學校就因為脫水而昏倒。

但這位兒時玩伴並未忽略春雪放心的神情，滿臉甜笑說道：

「那既然不跑步，我們就一路玩英文單字遊戲玩到學校吧。」

「咦……咦咦咦……」

「現在多記幾個單字，說不定後天的考試就會出，不是嗎？好了，我要開始嘍！」

千百合右手迅速一劃，春雪視野中就出現要求以無線方式連線的請求。春雪才剛點下接受，跟著就有ＡＰＰ啟動，在顯示出【crunch】這個單字的同時，開始五秒鐘的倒數計時。

「…………咬碎！」

春雪這麼一喊，就聽到答對的鈴聲響起，千百合卻噗嗤一聲笑了出來。春雪不明所以，往旁一看，這才注意到千百合是想起了剛才對戰中春雪咬碎巧克人右手的情形。

「我……我說妳喔，要背就正經背啦！」

「抱……抱歉抱歉。呃……」

千百合視線落到自己的單字簿ＡＰＰ上，一看到上面顯示的【lick（舔）】這個單字，更是當場捧腹大笑。

5

宣告第四堂課結束的鐘聲響起，老師剛從前門走出去，春雪就起身走向黛拓武的座位。他先迅速環顧四周，確定沒有人在聽，才小聲對拓武說：

「阿拓，我用郵件跟你說過的那件事……」

「不就是要開緊急會議嗎？」

拓武一邊讓眼鏡反光，一邊說下去：

「看來是發生了不得了的事情。」

「還好啦，我想阿拓也一定會嚇一跳。」

「這可真令人期待。」

拓武嘴角一揚，一手拿起便當提袋站起。

「離會議開始還有十五分鐘啊。小春是要在學生餐廳吃飯對吧？那我也過去一起吃。」

「這樣啊，不好意思啊。」

春雪一邊回應，一邊朝千百合瞥了一眼。另一位兒時玩伴似乎要和她在班上要好的幾個同學一起吃，但仍以眼神表示不用擔心，於是春雪輕輕點頭回應。會議預計由黑雪公主當挑戰者，春雪接受挑戰，在對戰空間裡進行，所以頂多也只會花一．八秒。如果只花這點時間，哪怕是正在和別人吃飯時開會，只要先做好心理準備，就不至於讓人起疑。

「好，我們走吧。」

春雪拍了拍拓武的背，正要走出教室時——

「有田同學，黛同學，可以借一步說話嗎？」

有人從背後對他們說話，讓春雪全身一震，轉過身去。

站在那兒的，是個把有點長的頭髮攏到右側綁成側馬尾，露出半個額頭的女生。她名字叫生澤真優，是C班的班長。

春雪先和拓武一瞬間對看一眼，然後由先被叫到名字的春雪戰戰兢兢地答話：

「嗯……嗯。有什麼事嗎……？」

「我有話想和你們說，如果不介意，要不要一起吃午飯？」

「這……這個嘛……」

春雪一邊做出含糊的回應，一邊將腦袋的轉速提升到極限。

這種情形他在讀國小的時候經歷過一兩次。當他和拓武一起待在自家公寓大樓門前的廣場，就有幾個女生走過來說：「黛同學，我們有些話想跟你說。」，同時還嫌春雪礙事似的瞪著他。

「……這個，生澤同學，如果妳是有事要找阿拓，我就不打擾你們了。」

春雪自認機靈地提出這個提議，生澤班長就眨了眨眼，然後猛力搖搖頭說：

「不……不是這樣，我不是要說這種事。」

「咦……不是嗎？」

「不是！」

他們爭個沒完沒了，拓武就微微苦笑著插了嘴。

「總之剩下的事情我們到餐廳再說吧。動作再不快點，會沒時間吃飯的。」

而且還會沒時間準備開會。

離黑雪公主找春雪挑戰，還有十二分鐘，考慮到還要花時間移動到餐廳，已經沒有多餘的時間了。

「知道了，那我們走吧。」

聽春雪這麼說，生澤也「嗯」一聲點點頭。仔細一看，她右手提著小小的包袱巾，裡面裝的似乎是便當和飲料。

千百合從離了一小段距離的座位上狐疑地看過來，春雪就以視線表示「我也完全搞不清楚狀況啊！」然後與他們兩人一起走出了教室。

梅鄉國中的學生餐廳，以國中而言相當大。而且靠裡頭的座位上，還設有幾乎令人錯以為是時髦咖啡廳的交誼廳。

交誼廳與餐廳之間以格子狀籬笆隔開，有個不成文規定就是只有二、三年級學生可以使用。也就是說春雪他們要用也不是不行，但今天他們應該要選餐廳的長桌。原因很簡單，因為說不定在交誼廳最裡面的那張圓桌旁……

當春雪想到這裡，生澤已經高高興興地喊說：

「啊，Lucky！這麼晚才來，交誼廳還有一張桌子空著！」

說著就蹦蹦跳跳踏上一步。

「我來占位子，你們兩位去買東西吧！」

說完後就小跑步跑進交誼廳。

「……原來生澤同學是走那種路線喔……因為她是班長，我本來還以為她比較正經又古板呢……」

春雪這麼一說，拓武就輕聲笑著說：

「的確，畢竟聽說某飼育委員長就非常正經又古板啊。好啦，沒時間了，我們動作快一點。我要買的只有飲料，小春你呢？」

「…………我很正經所以要買咖哩飯。」

「那我先去交誼廳了，只剩五分鐘嘍。」

「小事一樁！」

春雪和拓武分開，排到櫃臺前的隊伍裡。打開名符其實的菜單視窗，選擇早已決定星期一一定要吃的每日咖哩飯。系統從儲值在神經連結裝置的電子貨幣中扣除四百二十圓。

這週的咖哩飯，是以炸過的秋葵、茄子與翠玉瓜作為配菜的夏季蔬菜咖哩。再過兩週就是暑假了，到時候就要找大家一起去山形旅行，得先和外公聯絡好才行，可是在這之前又得先應付期末考……春雪一邊想著這些念頭，一邊接過放著熱騰騰咖哩飯的托盤，先倒好一杯自助的冰水，這才趕緊追向拓武身後。

春雪穿過交誼廳入口的拱門，忽然停下腳步。

最裡面靠窗的圓桌，有一名女學生朝他露出側臉，翻閱一本精裝版的紙製書籍。

從窗戶射進的白光照在她一頭漆黑的長髮上，照出她夢幻的身影。

彷彿回到了八個月前的某一天……

春雪正茫然站在原地，這名女學生——黑雪公主忽然抬起頭來，看了春雪一眼。先輕輕露出柔和的微笑，然後才聳聳肩表示已經沒有時間了。

春雪趕緊對黑雪公主，以及在她身旁笑瞇瞇的學生會書記若宮惠點頭致意，然後才走到坐在咖啡廳右端的拓武他們那張桌旁。他先把托盤放到桌子上，然後在空著的椅子上坐下。

春雪對尚未打開便當盒蓋的兩人道歉：

「不好意思。我耗到這麼晚。」

班長一臉正經地搖搖頭說：

「哪裡，沒這回事。我才要說聲不好意思害你這麼趕。」

「那……妳說有話要跟我們說，是什麼樣的事情？」

春雪急性子地問出口，拓武就輕輕頂了頂他的手肘。

「時間也不多了，我們邊吃邊聊吧。」

聽他這麼說，春雪朝視野右下方一看，離黑雪公主所指定的時間只剩三十秒。雖說即使等到開完會，咖哩飯也不會冷掉，但熱騰騰的咖哩飯就在眼前，要等上體感時間三十分鐘不能吃，也未免太悲情了。

「說……說得也是。那……我開動了。」

兩人剛應聲說開動，春雪就舀了滿滿一湯匙的夏季蔬菜咖哩飯。他一口吃下滿滿一湯匙，一邊品味辛香料的辛辣與翠玉瓜的口感，一邊嚼了幾口後吞下，呼出一口氣，緊接著……

今天第二次的加速聲，從前到後貫穿了春雪的聽覺。

「呃，這次是……『原始林』場地？」

春雪一邊感受著留在口中的咖哩飯餘香急速消逝，一邊讓視線朝四周掃過一圈。

梅鄉國中的校舍，換成了超大型的上古巨樹。學生餐廳與交誼廳成了寬廣的樹洞，腳下長著毛茸茸的青苔，餐桌則成了傘帽直徑有一公尺的巨大香菇四處生長。

而漆黑的對戰虛擬角色就坐在其中一朵香菇上。

「啊，學姊！」

春雪揮著右手，正要從無數朵香菇間跑過去。然而……

咻啪！

這一聲衝擊聲中，一道白光從眼前掃過，讓春雪吞下慘叫，來了個緊急煞車。頭盔的面罩噴出小小的火花，體力計量表減少了一個像素的長度。

「唔……唔哇！」

就在春雪往後跳開的同時，好幾朵巨大香菇連根斷裂倒下，碎裂四散。是對手黑之王Black Lotus以驚人的速度，將筆直伸長的右腳劍刃連續旋轉多次，斬斷了四周的香菇，就此清出了一個直徑足足有五公尺的空間。

「嗯？春雪，你怎麼啦？我只是清出一塊開會的空間啊。」

她說這話的嗓音有著那麼一點點冰冷。難道她還在為梅丹佐那件事生氣？還是因為仁子來襲的事……

「別杵在那兒，怎麼不坐下？我什麼都沒放在心上啊。要特地帶一個我不認識的女生來，還一起開心地吃午飯，這些都是你的自由嘛。」

——原來是為了這件事……！

春雪猜到黑之王變得難搞的理由後，拚命試著解釋：

「學……學姊妳誤會了！她是生澤同學，啊，是我們班上的班長，是她主動跑來說有事想找我和阿拓談……」

「哦？那她要談什麼？」

「我……我們還來不及問，這場會議就開始了……」

「是喔？這麼說來，是我打斷了你們重要的談話了？」

「哪……哪裡，沒有這回事……」

春雪面罩下正不斷冒出虛擬的冷汗……

「Lotus，妳欺負鴉同學也欺負得差不多了吧？」

聽到這麼一個含笑的嗓音迴盪在寬廣的大廳裡。

轉頭一看，身為觀眾的團員正從春雪所在位置看去的左手邊遠方入口走進來。

最前面是坐在輪椅上的「鐵腕」Sky Raker。

她右邊有著「劫火巫女」Ardor Maiden。

左邊則是「純水無色」Aqua Current。

她們三人身後則有著Lime Bell與Cyan Pile並肩站立。

黑雪公主聽楓子這麼規勸，挑了一朵並未受損的香菇坐下，雙手環抱說道：

「那我就欺負到這裡吧。」

春雪鬆了一口氣，在她旁邊一朵香菇坐下，耳裡就聽到追加的一句話。

「當然晚點我會要你解釋清楚就是了！」

「好……好的，這是當然……雖然我也完全猜不出她要談什麼……」

他們兩人進行這樣的對話時，除了Raker以外的四個人也都各自坐到香菇上，做好了開會的準備。

——但他料錯了，黑雪公主明明宣告要開始會議，卻以吊胃口的語氣說：

「那麼，Crow，麻煩你把我們軍團的第八個團員叫來。」

「啊，說……說得也是。」

春雪這麼回答，楓子也點了點頭，其他四人則各自表達了自己的震驚。

「什……什麼時候多了一個？」

春雪先舉手安撫大喊的千百合，然後集中精神。他進入深沉的想像——對重要的伙伴輕聲呼喚。

當千百合與拓武看到幾秒鐘後無聲無息出現的純白圖示，立刻大聲驚呼：「咦咦咦咦！」

當春雪介紹這個圖示說：「這位是大天使梅丹佐」時，謠與晶也跟著再度發出驚呼。

春雪解釋完梅丹佐復活的經過與現狀，她本人也以非常高姿態的方式打完招呼後，時間剩下二十五分鐘。

「……雖然嚇了好大一跳，但想到是鴉鴉做出來的事情，就覺得這也難怪……」

聽謠這麼評論，千百合也一副拿他沒輒的模樣點點頭說：

「也是啦，小春從以前就容易被怪東西喜歡上……」

緊接著搭在春雪左肩上的圖示就發出了犀利的質問：

「Lime Bell，妳所謂的怪東西，該不會是指我吧？」

「咦？啊……啊哈哈，沒有啦，我是……」

千百合先含糊地帶過，然後大聲清了清嗓子。

「不說這個了！黑雪學姊，今天之所以請學姊召開這個會議，是因為有一件事有點……不對，是相當令人嚇一跳！」

「哦？那就請千百合報告吧。」

「好的～！」

春雪正看著Lime Bell跳起來的模樣，腦海中就聽到梅丹佐的思念語音。

「Silver Crow，剛才他們所用的稱呼是怎麼回事？」

「咦？啊，對喔。那是我們在現實世界……呃，該說是比Low Level更低層嗎？就是在更外面的世界用的名字。」

「唔。也就是『Lowest Level』了？」

「……好……好像，可以這麼說啦……」

「所以他們在那個世界稱你為『小春』？」

「嗯，不然妳也可以這麼叫我啦……」

「……我就考慮考慮。」

春雪在腦內進行這樣的對話時，走上議場正中央的Lime Bell轉了一圈，先看了看在場的每一個人，然後開始說明：

「呃，之前報告過世田谷第二戰區有個叫作『Petit Paquet』的軍團，大家還記得吧？」

除了春雪以外的五個人都連連點頭。

「今天早上，這個軍團的團長Choco妹妹……Chocolat Puppeteer突然來找小春對戰，我也進場觀戰。起初小春被打得落花流水，我本來還以為這下要打輸了……」

「明……明明就沒有到落花流水那麼慘吧！只是因為我第一次在緩衝場地打，不知道怎麼利用地形……」

「哎喲，小春你安靜點！——可是小春打到一半就舔舔又嚼嚼，總算弄成了平手。」

「舔舔……？」楓子表示納悶。

「嚼嚼……？」晶也表示納悶。

所幸千百合並不詳細解釋，繼續說下去：

「然後接下來才是重頭戲。Choco妹妹，還有Petit Paquet的團員Mint Mitten和Plum Flipper也都來了，她們三個人……」

千百合先頓了頓，然後大聲說出最核心的情報：

「說想加入我們……想加入黑暗星雲！」

鴉雀無聲。

春雪就在靜悄悄的議場上，回想起當時的情形。

說得精確一點，Chocolat是先說：「要我好心加入你們軍團也行。」但Mint立刻上前按住Chocolat的頭，訂正為：「不是這樣，是想請你們讓我們加入！」再由Plum說明她們之所以突然跑來要求加入的理由。

看來Plum Flipper在「Petit Paquet」是擔任全團的大腦，也就是類似拓武的定位。而她以有點悠哉的語氣說：

「那個，我們聽說了傳聞！說是黑暗星雲破壞了ＩＳＳ套件的本體。所以，我們三個人商量後，做出了決定。為了答謝上次你們救了我們和小克，我們決定和你們並肩作戰……」

把春雪的心思從回想中拉回來的，是坐在身旁的黑雪公主所發出的沉吟聲。

「嗯……真是不知道該怎麼說呢。她們的提議很令人感謝，但她們知道我們軍團處在什麼樣的狀況下嗎？」

「她們說是事先好好討論過這件事，才提出這個請求的。」

春雪代替千百合回答。

「只要幫助黑暗星雲，就無論如何都會被其他王的軍團敵視。既然這樣，比起維持Petit Paquet這個軍團的立場從外提供協助，還不如乾脆加入黑暗星雲。因為這樣一來，應該就能在黑暗星雲最辛苦的部分幫上忙……Chocolat她們是這麼說的。」

「……她們想得這麼周全……」

聽黑雪公主喃喃自語，楓子與晶再度接過話頭：

「我們最辛苦的部分，也就是……」

「就是領土戰爭的說。」

眾人聽了都深深點頭。

要在每週六傍晚舉辦的領土戰中，將杉並區內的三個戰區全部守住，並不是件容易的事。所幸截至目前為止，他們從不曾有領土淪陷，但因為人數不足而陷入險境的情形已經發生過很多次。

但如果Petit Paquet的三個人加入，黑暗星雲的總團員人數就會達到十人。即使對三個戰區都布署三個人來湊足團隊最低人數，也還剩下一個人。如此一來無論在哪個戰區，至少在人數上都能對等抗戰。

「……幸幸，要怎麼做？」

聽謠這麼問，黑雪公主沉默了一會兒後，小聲開了口：

「……要解散好不容易才結成的軍團，是非常重大的選擇。」

「是啊……」

楓子點點頭。

「Chocolat她們，不是只靠三個人，就過了本來至少要四個人的軍團長任務嗎？如果不是情誼非常堅定，是沒辦法辦到的。」

「嗯……並不是連擔任軍團長的資格都會喪失，所以將來要重新結成軍團也不是不行……但一旦解散，也的確會因此而失去一些事物。我們可以只因為領土戰爭打起來會變輕鬆這個理由，就接受她們的提議嗎……」

千百合看黑雪公主一反常態，說話拖泥帶水，往前跳上一步喊說：

「學姊！」

「怎……怎麼了，千百合？」

「妳都不問那個妳本來應該劈頭就會問的問題耶。就是問：『這三個人可以相信嗎？』」

千百合以含笑的聲調這麼問，黑雪公主則似乎沒料到她會有此一問，連連眨了幾下鏡頭眼，然後清了清嗓子說：

「這……這是因為我相信千百合和春雪。既然是你們能夠相信的對象，那我也不會去懷疑。」

「學姊，既然這樣，就乾脆相信到底嘛！」

千百合大大張開雙臂。

「解散Petit Paquet，Choco妹妹她們當然也應該會很難過。可是，她們三個更想對從未見過的黑雪學姊……對黑之王Black Lotus幫上忙。既然這樣，我想至少可以去聽聽她們怎麼說吧！」

「…………我愈想愈覺得千百合遠比我更有當軍團長的資質。」

黑雪公主摻雜幾分苦笑地這麼一說，緩緩點了點頭。

「也對……也許我應該直接見她們一面，問清楚她們的決心，然後再決定要不要接受她們的提議……」

儘管有千百合推上這一把，黑之王似乎仍未恢復原本的犀利。說不定以前曾將整個軍團——將前黑暗星雲帶上毀滅的記憶，還沉重地壓在黑雪公主心頭。如果她是因此才遲疑著不敢讓軍團擴大，那麼只靠言語，也許無法除去她心中的重擔……

就在春雪想到這裡時……

先前一直保持沉默的梅丹佐立體圖示，從他左肩輕飄飄地飛起。她拍動翅膀，飛到黑雪公主前方上空，然後讓小小的天使光環發出強烈的光芒——

「真沒出息。自稱是王的人，要垂頭喪氣到幾時？」

「妳……妳說什麼？」

黑雪公主出聲喝問，其他六個人則上半身一震。在這個狀況下，梅丹佐仍然繼續喝叱黑之王：

「當一個王，指揮一兩百個士兵，應該要根本不當一回事吧！區區三個人要加入，有什麼好遲疑的！就是相信妳說要擊潰加速研究社，貴為『四聖』之一的我才會出力相助……」

「說……說……說到這裡就好了！」

春雪急忙跳出去，用雙手抓住空中的圖示，然後以跪坐姿勢降落在原本所坐的香菇上。他把掙扎著大喊：「無禮！」的梅丹佐藏到身後，對黑雪公主解釋說：

「這……這個，梅丹佐就像是無限制空間裡所有公敵，不，我是說所有Being的老大，所以口氣會有點像是高高在上……」

「不是像是高高在上，就是高高在上！」

「啊──夠了，拜託妳安靜一下！」

「那就先放開你的手，早跟你說過不准沒經過許可就碰我，要說幾次你才懂，Silver Crow！」

「呵……哈哈，啊哈哈哈哈……」

春雪注意到這個笑聲是出自黑雪公主，抬起頭來。

黑之王Black Lotus笑得苗條的虛擬角色全身晃動，笑了好一會兒後，才以不再生硬的嗓音說：

「哈哈哈哈……──真是的，春雪，我實在敵不過你啊。想當初大天使梅丹佐震懾得我們連骨髓都在發抖，對你來說卻已經成了朋友……」

「咦？呃，這好像很難說吧。」

「誰跟他是朋友了！我是Crow的主人！」

「呵呵……我也不能一直在害怕呢。即使我有的是這麼一雙只有刀刃的手，也得不怕傷到別人、不怕受到傷害，伸出手去，否則就無法開出新的路……說穿了就是這麼回事吧……」

說完她重重點頭，踏上兩步。

「千百合，謝謝妳傳話，Chocolat Puppeteer她們的提議我清楚收到了。我想在近期內安排會談，問清楚她們最終的意志。」

「好的，那我會這麼轉告她們！」

千百合高高興興地點頭，退回自己的香菇桌上。

春雪把總算安分下來的梅丹佐放回左肩，等黑雪公主發言。

「以前我不曾鄭重說明過……」

黑之王在這句開場白後，細細咀嚼一字一句似的開始說起：

「我們軍團的名稱『黑暗星雲（Negative Nebula）』，是取自獵戶座的馬頭星雲和南十字星座的煤袋星雲那樣的暗星雲。聽說正確的英文是叫作『Dark Nebule』，但這樣會太強調特定的色系……只是話說回來，當時還在讀國小的我，也確實有著這樣一種野心，想把以鮮豔的原色點綴得亮麗繽紛的加速世界銀河，全都改寫成黑暗。」

「哎呀，小幸，那現在呢？」

聽楓子語帶微笑地這麼問起，黑雪公主輕輕聳了聳肩膀。

「這個嘛，我現在也不是說放棄了野心……不管怎麼說，當初這個軍團名稱嚴格說來，是取了比較負面的意思……第一期黑暗星雲因為我的失控而瓦解後，我才知道原來所謂暗星雲，不只是宇宙裡的黑色斑點……是構成星雲的物質聚集在一起，有朝一日將會凝聚成新的恆星，說起來其實是『星之搖籃』。當時我失去了軍團的伙伴和所有領土，把自己關在校內網路裡，聽了這個說法覺得極為諷刺，但真實就是如此。因為黑暗星雲復活後，接連有過去的伙伴和新的伙伴加入，給了我再次挺身而戰的力量。」

黑雪公主依序一一注視每一名團員後——

「——各位，我要在此鄭重宣告本軍團的行動方針！」

黑之王以堅毅的嗓音說到這裡，右手劍唰的一聲劃過。

「我們黑暗星雲，將與加速研究社，以及他們作為幌子的白之團震盪宇宙對決！一旦時機成熟，我們就要在領土戰爭中，攻下震盪宇宙大本營所在，也就是有著永恆女學院的港區第三戰區！這一瞬間他們就會失去拒絕挑戰的特權，Black Vise與Rust Jigsaw這幾個名字也就會出現在對戰名單上。我們要讓Blue Knight查證到這些名字確實存在，讓六大軍團發動聯軍進攻。要走到這一步，我們將會接連經歷多場前所未有的嚴苛戰鬥……但我相信我們一定能夠克服。完畢！」

聽了黑雪公主果敢的話語，春雪只覺得再也坐不住，跳到地上大喊：

「我……我會努力的！不，我們大家一起努力吧！」

千百合與楓子等人都起身應和。他左肩的梅丹佐儘管並未出聲，卻也讓頭上的光環發出強光。

一片應和聲中，一直露出思索模樣的拓武發出鎮定的嗓音說：

「軍團長，我可以發言嗎？」

「當然可以了，拓武。」

Cyan Pile在她的同意下從香菇上起身，走到議場正中央。

「我也對剛才軍團長所宣告的行動方針沒有異議。因為要消滅加速研究社，對他們的大本營發動總攻擊就是避不開的一條路。可是……考慮到我的職責，我還是非說不可。我認為要在領土戰進攻港區戰區，就有兩個非解決不可的重大問題。」

「嗯，你說下去。」

「好的。首先第一個問題……就是已經擁有領土的軍團，在領土戰爭中只能進攻和自軍領土相鄰的戰區。不用說大家也知道，我們領土所在的杉並戰區，和研究社大本營所在的港區第三戰區距離很遙遠。現階段黑暗星雲沒有辦法對震盪宇宙的領土宣戰。」

「啊……」

春雪把這條基本規則忘得一乾二淨，不由得小聲驚呼。但其他團員似乎早就注意到這點，默默等拓武繼續說明。

「而第二個問題，就是要如何防守這杉並戰區。」

春雪差點又要發出驚呼，這次總算勉強忍住。

這點也完全就如拓武所說。要對港區戰區發動總攻擊，就得在進行領土戰的星期六傍晚，讓全團團員移動到現實世界的港區，當週杉並戰區就會無人留守。

黑雪公主慢慢點頭，說道：

「這兩個問題的確很大……可是憑拓武你的頭腦，應該也已經注意到解決方法了吧？」

拓武聽她問起，讓面罩微微壓低。

「……是，有唯一一個方法可以同時解決這兩個問題，那就是放棄杉並區的領土。只要失去所有領土，就能夠自由攻擊任何戰區，而且也不需要分散戰力進行防守……──可是……」

拓武說到這裡猛然抬起頭，以堅毅的語氣說到底：

「可是，我反對這個方法！這杉並戰區是八個月前的那一天，軍團長和小春對六大軍團宣戰的地方。此後大家一起防守這塊領土到今天，從未有任何一次失守。我認為Raker姊、Maiden、Current姊之所以能夠回到軍團，就是因為我們一直在杉並區豎起黑旗。哪怕是為了打倒研究社這樣的大義，就算只是短短一週，要是打都不打就放棄領土，一定會失去某些重要的事物。這裡，這個杉並戰區，是我們的地方，軍團長！」

這蘊含了火焰般熾熱意志的嗓音，在寬廣的大廳裡迴盪良久。

拓武平常總是理智又實際，但其實他是如此重視黑暗星雲……也重視黑雪公主。春雪重新體認到這個事實，只覺得心中有著千言萬語說不出口。千百合、楓子、謠與晶等人似乎也有同感，眾人都強而有力地深深點頭。

這蘊含熱氣的沉默，是被搭在春雪左肩上的純白立體圖示打破的。

「那邊那個藍色的，說得挺不錯的嘛。」

儘管口氣未免太高高在上，但這是梅丹佐最大的讚美。這個最高階的神獸級(Legend)公敵拍動小小的翅膀說下去：

「如果這所謂杉並就是你們的領土，那麼不管有什麼樣的理由，放棄都是可恥的舉動。如果需要兵力防守，只要增加兵力就好。而且如果只能進攻相鄰的領土，那麼只要攻陷擋在中間的領土來相鄰就行了。」

原來如此。

春雪不由得有了這樣的念頭，緊接著又在內心大喊不對不對不對。

阻隔在杉並戰區與港區戰區之間的，是連哭泣的小孩聽了都會閉嘴的澀谷戰區，由率領加速世界最大規模軍團長城的綠之王所占領的土地。即使是開玩笑，他也不敢說要攻陷這裡。

但驚人的是……

黑雪公主這次也「唔」的一聲點點頭。

「這既是正論，也是正攻法啊。」

「咦……咦咦咦？學……學姊妳認真的嗎？」

春雪忍不住大喊，黑之王聳聳肩膀說：

「也不必這麼驚訝吧？長城那些傢伙不就幾乎每週都跑來攻打我們嗎？」

「話……話是這麼說沒錯啦，可是他們來進攻的都是些中等級的人……雖然我不覺得他們有放水，可是感覺也不像是真的想打下杉並啊。」

「那麼我們也派春雪你們幾個去進攻吧？」

「咦……咦咦咦咦！」

「哈哈，開玩笑的。」

黑雪公主輕輕舉起左手，讓拓武和春雪退下後，自身再度上前說道：

「梅丹佐的意見是正論，但要實現就未免太花時間。我怎麼想都不覺得研究社那些人會安分多久，如果可以，我是希望能在這個月之內就做出了斷，用清爽的心情來迎接暑假。因此，這次我想透過交涉來解決問題。」

「交涉……啊，學姊和師父該不會就是為了這個才要找綠之王……？」

春雪這才想起黑雪公主與楓子已經安排好與綠之王Green Grandee之間的會談，發出已經不知道是第幾次的驚呼。

「這只是目的的一半就是了。」

楓子點點頭，連人帶著輪椅無聲無息地上前，排到黑雪公主身邊。

「就如鴉同學所說，我們已經把和綠之王的會談定在下週日……十四日的下午三點。我們打算帶所有可以參加的團員一起前往澀谷第二戰區，和對方幹部針對進攻港區戰區的問題討論。雖然不覺得有這麼簡單就能得到他們協助，但這個部分就看怎麼交涉了……有沒有人事先想問清楚什麼問題的？」

楓子的視線一掃到，千百合就猛力舉起右手。

「有！有有有！」

「千……千子，什麼問題？」

「澀谷第二也就是車站附近對吧？有澀谷中央街、道玄坂、澀谷拉文大樓這些地方！」

「是……是啊。」

「那等到會談結束後……這樣時間就太晚了，我提議大家在會談前，先去買東西、觀光、喝咖啡──！」

「……小……小幸，妳說呢？」

「……這……這個嘛，沒什麼不可以吧？」

團長與副團長面面相覷地這麼一說，千百合立刻就跳了起來。

「太棒啦！是這週日對吧，好期待喔！」

「我說小百，我們可不是去玩的。」

春雪還是姑且叮嚀一下這個滿臉喜色的兒時玩伴。

「而且記得妳下個週末，不就有田徑大賽……」

「我出賽是在星期六啊！星期天一整天我都放假～！」

「啊，是……是這樣啊……」

拓武也立刻插嘴：

「小春，順便告訴你，我要出賽的劍道大賽也是在星期六。剛剛才說那種話，講這個實在過意不去，不過下一場領土戰，我和小千又不能參加，要麻煩大家了。」

「這……這樣啊…………」

春雪有點沮喪——不是因為覺得防守會很辛苦，純粹是覺得寂寞——但立刻轉念一想，覺得得好好為要參加大賽的他們兩人加油才行。

相對之下，黑雪公主則若無其事地點點頭，慰勞拓武等人說：

「拓武、千百合，三個戰區我們都會穩穩守住，你們儘管放心去參加大賽……不過你們還真是辛苦啊，短短兩週內，接連有校慶、期末考、社團大賽等等的這麼多事情要忙。」

「真的，好辛苦呢！」

千百合深深地歪了歪尖帽。

「如果學姊能用學生會副會長的權限，至少讓校慶再提早一點，要準備考試就會輕鬆點了說。」

「也是啦，我也覺得在校慶十天後就排大考的這種日程實在不太對勁，但很遺憾的這個要求已經過期了。我這學生會幹部只能當到九月的下屆幹部選舉。」

「啊，對喔……黑雪學姊就快要不是副會長了……」

春雪也點點頭，心想：「對喔，真的是這樣……」他實在不太能想像不是學生會副會長的黑雪公主會是什麼樣子，但至少在國中生活之中，沒有任何事物是會永恆不變的。沒錯，再過短短九個月，那一天就會來臨。黑雪公主離開梅鄉國中的那一天……

春雪正垂頭喪氣，腦中就聽到梅丹佐一反常態的平靜思念發聲。

「……你們小戰士在Lowest Level還真多事情要忙。」

「……嗯。現實世界裡有一種叫作『學校』的地方，我們大家每天都要去那邊上學。」

「哦？是類似訓練設施的地方嗎？」

「差……差不多，算是吧？」

春雪回答後，內心不由得緊張起來，心想說不定她會要求「帶我去看看」，然而……

「……身為Being，我無法下到Lowest Level去，這點我怎麼會不知道？」

「…………」

「可是Crow，我可以聽你說。我以主人的立場對僕人下令，下次來到Mean Level時，你要告訴我Lowest是個什麼樣的地方，而你每天在那裡又是如何度過，這些全都要告訴我。」

「咦……全……全……全部？這個……我想會超級花時間的……」

「哪怕要花上再多時間，你想我會在意嗎？」

……的確是這樣。這位Being大人可是芳齡八千歲。春雪事到如今才想起這件事。

「好……好啦。那我會盡快去一趟無限制空間……」

「不要讓我等太久。」

「遵……遵命。」

春雪不由得在腦海中進行了這麼一段漫長的對話，但與梅丹佐用思念對話所耗費的時間似乎經過壓縮，比起用嗓音談話來得快。直到他抬起頭來，千百合與黑雪公主的談話仍未結束。

「……那麼，千百合都特地提議了，星期天我們就提早去澀谷，先養精蓄銳一番，再和長城會談吧。」

「太棒啦！怎麼辦，我好期待喔！」

楓子苦笑著對開心嬉戲的千百合說：

「千子，我們主要的目的終究還是和綠之團交涉啊……只是話說回來，澀谷是我的地盤，看來我也只能一盡地主之誼了。」

「咦，姊姊要帶我們去玩嗎？」

「畢竟同樣是去玩，有沒有訂好計畫，利用時間的效率可是完全不一樣的啊。」

楓子豎起食指撂下這幾句話，但春雪卻沒漏聽謠與晶的竊竊私語。

「楓姊真是來勁……」

「Raker一旦變成那樣，就誰也攔不住了。」

「謠謠，妳說什麼？」

「我……我非常期待！」

長年組成搭檔的「ＩＣＢＭ」與「緋色彈頭」這段默契十足的對話，讓眾人都笑得十分開懷。

當笑聲平息，黑雪公主瞥了一眼剩下的時間，為整場會議做出結論：

「……剛才我也說過，我想與白之團的戰鬥，將會比想像中更加艱苦。光是單純比較團員人數上，現階段就有著難以顛覆的差距，而且白之王White Cosmos與幹部集團『七連矮星(Seven Dwarfs)』的戰鬥力更是深不可測。而且他們手中仍然握有『災禍之鎧MarkⅡ』。從Cosmos在校慶那天現身時的口氣來判斷，他們肯定是打算把收回去的『鎧甲』用在某種特定用途上……」

聽到這幾句話，春雪用力咬緊牙關。

光是想像到身上寄宿著鎧甲的Wolfram Cerberus又要再度遭到研究社利用，身體就開始發抖。非得在這之前解救他不可。這件事是經歷四次對戰而與Cerberus成為了朋友的春雪該做的。

「——然而，我們過去也曾在艱困的戰鬥中一再獲勝。我相信只要大家團結一心，就沒有打不破的障礙。讓我們並肩作戰吧……為了我們所愛、所相信的事物！」

黑雪公主將右手劍高高往上一指，全團團員也同樣舉起右手，卯足全身力氣高呼。

等會議結束，一回到現實世界，咖哩的滋味又在春雪口中瀰漫開來。

他右手握著湯匙，這才想起自己正吃著午餐吃到一半。

眼前有著仍然熱騰騰的夏季蔬菜咖哩飯，地點則在學生餐廳一樓的交誼廳。旁邊的椅子上，坐著面對便當擺出要說開動手勢的拓武。而在正對面……

「這咖哩那麼好吃？」

忽然被這麼一問，春雪楞得連連眨眼。往前方一看，一個把頭髮綁在旁邊的女學生正在微笑。是班長生澤真優。

——對喔，是生澤同學邀我們一起來到交誼廳的。只是話說回來，為什麼會突然要找我和阿拓？我跟她又不是那麼要好，甚至幾乎從沒說過話。

春雪正想著這樣的念頭，右手拿著一個小小三明治的班長就笑瞇瞇地說下去：

「因為有田同學你吃了一口咖哩，就閉上眼睛定住不動了。所以我才想說是不是真的那麼好吃。」

「啊，嗯……嗯，挺不錯的。」

「是喔？我下次也吃吃看好了。」

……這種場面下，是不是應該要問說要不要吃一口？可是生澤同學又沒有湯匙。該去櫃臺拿新的湯匙來嗎？不對不對，做到這個地步反而會嚇到她吧？

春雪再度陷入思考的迷宮，身旁的拓武就出聲了：

「小春，讓我嚐嚐味道。我拿煎蛋卷和迷你可樂餅跟你換。」

「咦？是沒關係，可是你有湯匙……」

「有啊。」

拓武嘴角一揚，從便當盒蓋拿出以形狀變化材料製成的湯匙與叉子。這些餐具平常是薄板狀，但一握住就會檢測到生體電流，變成類似餐具的形狀，非常好用。這一瞬間，春雪覺得好友傳來了某種心電感應，驚覺到一件事。

「啊……生澤同學要不要也嚐嚐看？」

聽春雪提議，班長笑瞇瞇地回答說：

「可以嗎？那我也給你一個三明治。啊，可是，沒有湯匙耶……」

「委員長，妳用這個。」

拓武立刻遞出一把簡易湯匙。

春雪一邊心想自己在這種時候的對應能力一輩子也比不上阿拓，一邊把裝咖哩飯的盤子往前推。生澤先對兩人道謝，然後舀起一些咖哩，放到用來裝三明治的環保容器蓋上，然後把一個可愛的正方形三明治放到空出來的地方。

拓武也完成交易後，三人再度齊聲說：「開動。」

「啊，真的，好好吃。比平常的豬肉咖哩更夠味。」

「跟炸茄子也很搭。」

「阿拓你真的很愛吃茄子呢。」

春雪一邊和他們聊天，一邊有些緊張地咬了一口從班長那邊交換來的薄切雞肉萵苣起司三明治。

就在這時，春雪忽然感覺到有視線從右前方射過來。抬頭一看，就和從相當遠的一張桌子後面，用精裝版書籍遮住半張臉看著他的黑雪公主對看個正著。

春雪反射性地露出僵硬的笑容，送出思念表示「學姊誤會了！」。但春雪自己也不知道是哪裡誤會了，畢竟他什麼都還沒聽委員長提起。

春雪直覺認知到這時候還是快點進入正題為妙，下一口就把右手上的三明治吃完，正要切入正題。然而……

「有田同學，三明治好吃嗎？」

被班長先發制人，讓春雪不及細想，只連連點頭。

「非……非常好吃。這調味用的不是普通的美乃滋吧？」

「嗯，加了幾種切碎的香菜進去。都是現摘的，所以很香吧？」

「是喔，是妳在家種的？」

「是啊，雖然只是用栽培盆種的。有甜羅勒、意大利香芹、迷迭香……」

這樣的談話進行過程中，黑雪公主從委員長右後方射來的目光也不斷變得愈來愈犀利。春雪知道不能再拖，用右腳腳尖輕輕戳了戳拓武的左腳。

所幸拓武似乎也注意到了黑雪公主的視線，輕聲清了清嗓子開口問道：

「班長，妳說有事要找我們談，是什麼事？」

「啊，對喔。呃……說來非常突然，也許會害你們嚇一跳……」

生澤在椅子上挺直腰桿，目光直視拓武和春雪，以響亮的嗓音宣告：

「我有事要拜託有田同學和黛同學。下一屆學生會幹部選舉，可以請你們和我一起登記參選嗎？」

咦咦————！

春雪好不容易才壓抑住差點脫口而出的喊聲。

——學笙蕙櫛布選欅？有哪種香菜是叫這個名字嗎？

但狀況幾乎不留給春雪任何時間來進行這種逃避性思考。因為拓武只用了短短兩秒鐘就從震驚中恢復，以冷靜的聲調向生澤確認：

「意思就是說，生澤同學要報名參選學生會長時，想請我們擔任執行部的成員？」

「嗯，對。」

委員長以正經的表情點點頭。

梅鄉國中的學生會幹部選舉有些特別。一般都是針對學生會長、副會長、書記、會計這四個執行部的職位登記候選人，四個職位分開投票，但梅鄉國中卻是從一開始就以四人一組的方式登記參選。具體來說，就是要由參選學生會長找齊三名自己的班底，以團隊為單位來進行競選活動。

也就是說，生澤真優的意思，是要春雪與拓武分別擔任副會長、書記或會計當中的兩個職位。然而……

「我聽說一般都是找知心的朋友一起參選。」

拓武指出這一點，春雪也連連點頭。結果生澤不改正經的表情回答說：

「我覺得這樣不太好。學生會幹部不是扮家家酒，所以找班底的時候，不是應該把能不能當個值得信任的工作人員放在第一優先考量嗎？而且現在的執行部好像也是由這樣的人選組成的。」

「……可是既然這樣，那我更不懂了，為什麼要找我？」

春雪用右手指著自己，茫然發問。

如果只找拓武，他就可以理解。拓武剛轉學過來，很快就成了劍道社的希望，眾人都認為他肯定將成為下一任社長，成績也始終名列前茅。包括外貌與身高等條件在內，如果要一起進行競選活動，再也沒有更好的人選。對此春雪身為好友，是敢不避嫌地打包票。

而同時他也確信，有田春雪這個負面要素的結晶，足以將黛拓武所具備的這所有正面要素全部抵銷。

春雪下定決心，心想如果生澤是只為了他是拓武朋友這個理由而找上他，那至少他自己一定要全力辭退。然而生澤說出的話卻出他意料之外。

「那當然是因為我覺得如果是和有田同學合作，就能一起把學生會的工作做好。」

「……………為……為什麼？」

春雪只能再問一次這個問題。結果這次聽見她嘻嘻一笑。

「這沒有那麼不可思議啦。有田同學擔任飼育委員長，不就做得有聲有色？專屬委員會的委員參選學生會幹部，是很常有的情形。像現在的學生會長，以前就是在廣播委員會擔任副委員長。」

「…………是……是這樣啊……」

春雪這才注意到自己也是個委員長。但他被任命為飼育委員長，還過不到一個月。做的工作也只是在後院的飼育小木屋照顧白臉角鴞小咕。這樣可以算是做出了什麼成績嗎？

但生澤卻像要堵住春雪退路似的繼續說道：

「而且前陣子的校慶上，我們班的班級展覽，不就是有田同學一個人努力做好升級的嗎？那個時候我就深深反省了自己。因為看過之後我才注意到，我明明在當C班的班長，內心深處卻覺得班級展覽這種東西只要勉強弄出個樣子就夠了……」

「哪……哪裡，那些也花不了多少工夫……而且我才該道歉，完全沒和大家商量，就照自己的喜好去改展覽內容……」

「不會，那場『三十年前的高圓寺』展覽，我就非常喜歡喔。」

拓武一臉正經地講出這樣的話，讓春雪在內心大喊：「你這樣幫腔只會有反效果啊！」又戳了戳他的腳。但拓武輕巧地避開這視距外攻擊，繼續發言：

「把AR畫面貼到教室牆壁和天花板的點子也很有創意，只用一個晚上就裝設完畢的技術也很了不起。而且來賓不都看得很滿意嗎？」

「不，可是，跟學生會的『時光』比起來，那點東西……」

「那的確也很了不起，但有田同學做出來的展覽內容裡，讓時間等速流動這點我就好喜歡呢～」

生澤一邊仰望天花板回想，一邊開口說道：

「看著以前我們一家人住的大樓，就讓我想了很多。像是想到說我本來以為自己現在十四歲，長大成人還是很遙遠的事情，可是其實是『已經十四歲了』。其實啊，我之所以想參選幹部，有一小部分理由，就是因為看了那場展覽。」

「咦……咦？」

「當然我沒有信心當選，可是我想到，落選而失望，要比後悔不去嘗試好得太多了。」

「…………」

春雪感覺到生澤真優這番話，微微撼動了他的心意。雖然他絲毫不會因此就想參選幹部，但不知不覺間，卻問出了一個問題。

「……請問一下，妳為什麼會想當學生會長？記得妳在書法社也很努力吧？」

「呃……這……」

生澤聽了後莫名地微微紅了臉，低下頭，仔細收妥空了的環保容器，然後小聲回答：

「這個，說了你們可能會笑我……我非常崇拜現在當副會長的三年級學姊黑雪公主。我想盡可能接近她……啊，我說的接近，不是指想跟她交朋友之類的，是指她的人生觀。黑雪公主學姊她總是有種堅毅的風采，腰桿挺得筆直，很成熟穩重，讓我覺得好嚮往。」

妳說的這個黑雪公主，現在正從妳背後十公尺外瞪著我就是了。

春雪當然並未把這個念頭說出口，點點頭回答：

「這樣啊。這種心情我懂……而且，我覺得這個參選動機非常了不起。」

春雪是由衷這麼覺得，但生澤聽了後卻低下頭去。

春雪慌了手腳，擔心自己是不是說錯話，但幾秒鐘後她說出來的話，卻令春雪覺得意外。

「……其實，老實說呢，我剛才解釋過拜託有田同學參選的理由，但那不是全部。其實我也有著很狡猾的盤算。」

「咦……盤……盤算？」

「嗯。有田同學不是和黑雪公主學姊很要好嗎？所以我就想說只要有田同學和我一起參選，黑雪公主學姊說不定就會幫忙我們進行競選活動……動這種歪腦筋，實在沒資格說什麼想接近她的境界吧……」

「呃…………」

春雪說不出話來，看了拓武一眼向他求救，但這位兒時玩伴以視線要他自己想辦法。

「…………這個，生澤同學。我想要是沒有這點手段，大概贏不了選舉吧。而且，我覺得如果妳找黑雪公主學姊商量，她也會跟妳說，能利用的東西就要拿來利用。」

「…………會嗎……」

他對抬起頭的生澤深深點頭說下去：

「當然最重要的還是和同伴之間的信任。生澤同學，妳現在不是對我們說出了妳真正的心意嗎？我覺得既然是這樣的人來當領袖，我就能夠相信。」

「……謝謝你，有田同學。」

生澤同學用力一低頭，帶得綁在旁邊的側馬尾甩起。約兩秒鐘過後她挺直身體，以鄭重的語氣說：

「我也再次體認到了只要是和有田同學還有黛同學一起，就能創立出一個很棒的執行部。雖然要請你們擔任哪個職位的候選人，以後還得商量。可是，我相信不管什麼職位，都能放心交給你們兩位。謝謝你們……我們一起加油吧！」

「嗯……嗯！」

春雪先強而有力地回答，然後才為時已晚地愕然想起：「咦？為什麼會弄成這樣？」

6

午休過後還維持灰白的天空，到了第六堂課就漸漸開始變天，等班會時間結束，已經開始下起小小的雨滴。

照每小時預報，今天的雨會就此一直下到晚上，但為了多半正在運動場上調整狀況來因應大賽的千百合，春雪衷心祈禱天氣能一直維持在綿綿細雨就好並走向舊校舍後方的職場。飼育委員的工作，當然不會因為下雨或颱風就停工。

一來到小木屋前，就隔著鐵絲網對小小的同僚打聲招呼：

「嗨，小咕。」

這隻白臉角鴞最近總算漸漸願意當春雪是負責照顧牠的人，拍了兩三次翅膀回應。

春雪為了趁小咕還正好停在樹枝上特定位置時做完健康檢查，於是點選了虛擬桌面上的飼育委員會圖示。按下管理ＡＰＰ的測量體重鈕，以無線方式連上裝設在樹枝上的重量偵測器，記錄下小咕的體重。和牠剛搬來時相比，體重似乎已經相當接近合理數值。

「嗯，很不錯。只是接下來天氣就要熱起來了……你可別中暑喔。」

春雪這麼一說，小咕就轉了轉脖子，表示牠肚子餓了。但只有「超委員長」四埜宮謠可以進行餵食。

「四埜宮學妹就快來了，你再忍耐一下。」

想來小咕並不是聽懂了春雪的話，但似乎了解到暫時沒飯吃，蓋住耳羽轉過身去。

春雪一邊心想要是梅丹佐看到這傢伙，不知道會怎麼說，一邊打開小木屋的門走進去，抱著洗澡用的容器和用來鋪在地上的耐水紙走了出來。他用自來水簡單沖洗一下髒了的紙，把這個據說正式名稱叫作「Bird Bath」的容器裝滿乾淨的水，回到小木屋裡。

當他再度走出來，從中庭的打掃用具間拿來竹掃帚、畚箕與地板刷時，就聽到有腳步聲從正門的方向接近。

「委員長，嗨～！」

把燙成波浪狀的長髮綁在身後走過來的這個人，是飼育委員井關玲那。她今天竟然是穿著體育服裝登場，而且脖子上還披著一條色彩繽紛的運動毛巾。

「嗨……嗨。妳這麼來勁啊。」

春雪說出這個評語，玲那就有點難為情地噘起嘴說：

「因為第六堂課是體育課，我衣服也不換就跑來了。因為穿這樣，打掃時就比較不用擔心弄髒衣服啊。所以呢，掃地就交給我啦。」

「麻……麻煩妳了。」

飼育委員會創立當天連連說著：「好沒力喔」、「根本莫名其妙」的井關同學竟然這麼積極！春雪一邊暗自驚嘆，一邊把掃把和畚箕遞過去。自己則裝備上地板刷，一邊用水管對小木屋外牆灑水，一邊用力刷掉塵土。

等打掃工作大致結束，這次又聽到一個急促的腳步聲。

還來不及抬起頭，視野中就顯示出一個要求無線式連線的視窗。春雪才剛按下ＯＫ……

【ＵＩ＞對不起我遲到了！】

這串文字已經打在聊天視窗裡。

從前庭方向小跑步跑來的，是穿著純白連身洋裝款制服，背著紅褐色書包，右手提著一個大托托包的四埜宮謠。看樣子她是連傘也不撐，就從松乃木學園一路跑過來，淋濕的瀏海貼在額頭上，制服也吸了不少水。

「超委員長，不用那麼急啦！小咕也乖乖等著！而且妳根本全身都淋濕了啊！」

玲那急忙大喊，丟開竹掃帚跑向謠。她帶謠去到校舍屋簷下，拿下自己脖子上的毛巾，包住謠淋濕的頭，用熟練的動作幫她擦掉水氣。

謠露出嚇一跳的表情任由她照顧，等到玲那的雙手放開她，立刻閃動左手。

【ＵＩ＞謝謝妳，井關學姊。總覺得……】

她的發言最後三個字顯示到這裡，卻又被往回跑的游標消掉。

「總覺得，怎麼樣？妳就說出來吧。」

聽玲那面帶笑容這麼說，這次她戰戰兢兢地動了動手指。

【UI＞總覺得，好像媽媽一樣。】

「啊哈哈哈哈。」

玲那發出說不定是春雪第一次聽見的開朗笑聲，用毛巾幫謠連書包也擦乾，說道：

「我才要說聲不好意思，把超委員長當小孩子看待。其實我有個妹妹在上幼稚園，所以才會看到妳淋濕就反射性地想擦乾。」

……原來是這樣啊。不過妳們姊妹差這麼多歲啊？

玲那應該並不是看穿了春雪的心思，但她一邊把毛巾繞回脖子上，一邊回過頭來，聳聳肩膀補充說道：

「說是妹妹，其實只有爸爸是同一個。她超有活力的，洗完澡就光著身體跑來跑去……等等，我為什麼在講這種事情？而且小咕肚子明明就餓了吧。委員長，準備餵食！」

「遵……遵命！」

春雪接到這個以下犯上的命令，趕緊跑向謠，接下她手中的大提袋。三人一起走進小木屋後，幫謠戴上皮製鎧甲手套，不，其實是獵鷹手套。

在這期間玲那從包包裡拿出保鮮盒，打開蓋子。謠高高舉起左手，小咕就一副迫不及待的模樣從棲木上飛起，在小木屋裡飛了一圈後，降落在謠的手腕上。

謠從玲那拿穩的保鮮盒裡，一次抓出一片紅紅的肉片，拿給小咕吃。角鴟用尖尖的喙啄到肉片後，就抬起頭來，津津有味地吞下去。

從開始收養小咕到現在的這二十天來，他們每天都反覆進行這餵食作業，但即使到了現在，每次看到小咕吃飯的模樣，春雪腦子裡仍會浮現出各式各樣的念頭。針對活著，還有被人養活這些事情，就是會有某些他無法用言語形容的念頭從內心深處湧起。

忽然間，午休時間聽生澤真優說過的話在耳邊甦醒。

落選而失望，要比後悔不去嘗試好得太多了。

春雪覺得生澤的這種想法非常了不起，但坦白說光是想像參選學生會幹部是什麼情形，就讓他覺得快要窒息。當時他礙於情勢而忍不住做出肯定的回答，但絲毫不覺得自己有辦法辦到選舉演講或公開討論會之類的事情。

真要說起來，他總覺得光是會像這樣退縮，就已經沒有資格參選。學生會長這種職位，應該由充滿熱忱，想為了改善全校學生校園生活而努力的人當選。無論怎麼探尋自己內心，都找不到一毫克的這種使命感存在。畢竟自己過去一直都自顧不暇，相信這點今後也不會改變……

就在這時，謠正要從保鮮盒裡拿出最後一片肉片，手卻忽然停住。她先歪了歪頭，然後用一隻手迅速敲打投影鍵盤。

【ＵＩ＞有田學長，你要不要餵餵看小咕？】

「咦……咦咦？可是小咕不是除了四埜宮學妹餵的東西以外什麼都不吃嗎……？」

【ＵＩ＞以前是這樣，但我覺得似乎不要緊。】

「覺……覺得……？」

【ＵＩ＞我的直覺很準的！】

他們還在進行這樣的對話，小咕已經用喙連連啄出聲響，彷彿催他們快點把肉片拿過去。

玲那也看著同樣的聊天視窗，從旁輕輕頂了頂春雪的側腹說：

「試試看不就好了！要是委員長不餵，我倒想挑戰看看呢。」

「好……好啦……」

春雪小聲這麼回答後，下定決心用右手摘起肉片。他將這比想像中更有彈力的肉片，戰戰兢兢地遞向停在謠左手腕上的小咕。

小咕先轉頭看了春雪一眼，接著再看看肉片，然後把臉湊過來，縮回去，又湊過來——牠乾脆得令人錯愕，就這麼從春雪手中啄下下肉片，吞了下去。

「啊……牠吃了……」

【ＵＩ＞小咕說很好吃呢！】

謠露出笑容，高高舉起左手，小咕就輕飄飄地飛起。牠先在小木屋裡迴旋三圈，才回到棲木上。

三人面帶微笑，抬頭靜靜看著一吃飽就想進入午睡時間的小咕。

角鴞的左腳上，清清楚楚地留著上一個飼主強行剜出個體識別用微型晶片的傷痕。小咕並未得到任何治療就被拋棄，差點因為失血過多而死，但仍飛到松乃木學園，倒在地上時被謠發現而得到收容。

此後小咕就對謠以外的人嚴加戒備，但今天牠終於首次從春雪手中吃下了飼料。但話說回來，春雪還無法覺得小咕已經全面信任自己。即使如此，唯一可以確定的就是他們已經漸漸在改變。無論是小咕、春雪，玲那大概也是——說不定連謠也不例外。

是不是還能有更多的改變呢？

例如改變到能夠在很多人面前，說出自己的想法。

——要是梅丹佐在場，大概會喝叱說這點小事有什麼好怕的。

春雪一邊想著這樣的念頭，一邊持續仰望著打著盹的小咕。

井關玲那果然還是會先換好制服再回家，只見她一邊揮著手說：「那我們明天見嘍～」一邊走回教室，留在原地的謠與春雪就自然而然地你看著我我看著你。

謠以一雙虹膜中帶著些許緋色的大眼睛盯著春雪看，輕輕歪了歪頭像是在催他說話。看樣子春雪心中的猶豫已經完全被她看穿了。

「呃……四埜宮學妹，可以耽誤妳一些時間嗎？」

【UI＞當然沒問題了。】

視窗上立刻跑出這麼一句回答，於是春雪朝天空瞥了一眼。雨還是很小，看樣子暫時不會下起大雨。

「那，我們就在那邊坐坐吧？」

春雪指了指一張設置在大樟樹下的長椅，謠就笑著點點頭。她先從運動提包裡拿出濕紙巾，還幫春雪要坐的部分也擦過，才輕輕坐下。

「啊，不好意思，謝謝。」

春雪慚愧之餘，也在她身旁坐下。

能和黑暗星雲最年少團員，同時也堪稱軍團最大良心的謠一對一談話，這樣的機會意外地寶貴。儘管他們每天都會在照顧小咕時見面，但玲那莫名地喜歡照顧謠——雖然這個理由在今天揭曉了——回家的路程玲那都會一起走到一半左右，所以最近實在很難和謠講悄悄話。

春雪一瞬間想到，要是井關同學也變成超頻連線者就好了，但想起想到她那鑲滿水鑽而弄得亮晶晶的神經連結裝置，又搖搖頭心想這行不通。而且他接下來要和謠商量的事情，和加速世界無關。

春雪先清清嗓子，然後說明了「有人找我一起參選學生會幹部事件」的概略情形，然後針對要怎麼做才能讓生澤同學放棄，徵求謠的意見。

這位小了他四歲的小學生可愛地歪了歪頭，然後迅速敲打鍵盤。

【UI＞我覺得如果是要商量這件事，有個人比我更適合。】

「咦……是……是誰？」

【UI＞請等一下。】

謠先在聊天視窗打出這行字，然後在春雪看不見的虛擬桌面上操作了一會兒後點點頭說：

【UI＞那，我們現在就去找這個人商量吧。】

「咦……要……要去哪裡？」

謠並不回答這個問題，而是直接從長椅上站起，拉扯春雪的袖子。春雪在謠的催促下站起，她就背起書包，拿起提袋，和小咕道別後走向正門的方向。

春雪一邊心想她是不是要走出學校，一邊從後跟去，但謠從舊校舍後方走到前庭後，往右繞了半圈走向樓梯口。她換上來賓用的脫鞋，在還有不少學生留著的新校舍一樓走廊上，往和學生餐廳相反的方向行進。沒過多久，謠在一扇門前停下腳步，春雪抬頭看了看這扇門。上面掛著的金屬牌子寫著「學生會室」。

——是沒錯啦，要針對學生會幹部選舉的問題找人商量，也許真的沒有人比這個人更適合啦！可是我現在還少了點心理準備啊！

等春雪在內心這麼呼喊，謠已經高聲敲了敲門。

「太慢了！」

這就是學生會副會長讓春雪和謠在沙發組坐下之後的第一句話。

「對……對不起，我們之前在飼育小木屋，得繞過舊校舍才走得到這裡。」

春雪趕緊辯解，但黑雪公主以低於冰點的視線射穿了他。

「我不是指這個。我是說你對交誼廳那件事的解釋讓我等太久了。」

「啊，說……說得也是……非常抱歉……」

在午休時間的會議即將開始之際，黑雪公主的確說過：「晚點我會要你解釋清楚。」，而春雪也回答：「好的，這當然了。」午休時間後還有課要上，之後又有委員會活動，但連一封郵件也沒寄，的確是春雪的怠慢。

但這件事情不是一封郵件就能解釋清楚，卻也是事實。

「那……那我就從頭解釋生澤同學邀我和拓武一起吃午飯的理由。」

春雪先清了清嗓子，然後花了十分鐘出頭，再度說明了生澤真優那駭人的請求。

黑雪公主聽完後雙手抱胸，把上半身靠到沙發椅上。

「原來如此……是在談這種事情啊……」

她喃喃自語。

「是的……然後我就想找學姊商量，看要怎樣才能委婉拒絕她……」

「嗯，不過，也沒什麼不好吧？」

「……啥？沒什麼不好？學姊是指什麼事？」

「當然是指參選了。你就試試看吧，凡事都該多體驗看看。」

「……什麼？學……學姊妳說得可輕鬆！」

「區區幹部選舉，想得輕鬆點就對了。又不會要你的命。」

「話話是這麼說沒錯啦，可是會害我短命啊，一定會！」

謠笑瞇瞇地聽著黑雪公主與春雪之間的這些對話。看樣子她早已料到黑雪公主會有這樣的反應。

「我去泡個茶來，你先冷靜點。你們兩個都喝無咖啡因咖啡可以嗎？」

【UI＞麻煩給我滿滿的牛奶。】

「我……我也喝這樣的，有勞學姊了……」

黑雪公主點點頭，走向設置於學生會室角落的簡易廚房吧台。她以熟練得令人意外的動作，準備好三個杯子、咖啡壺、糖罐與奶盅，走了回來。

「怎麼樣？只要當上幹部，放學後就可以盡情喝茶了。」

「說是這麼說，可是書記若宮學姊、學生會長還有會計都不在啊……」

「畢竟現在是期末考前兩天。平常的平日，惠都會坐在那邊優雅地看書呢。只是會長和會計這對搭檔就很忙，不太會來這裡。」

「是……是喔……總之，我不客氣了……」

黑雪公主幫他們在杯子裡倒了咖啡3：牛奶7的咖啡歐蕾後，春雪從裝在糖罐裡的各種不同風味糖錠中，挑了一顆紅褐色地丟進去。輕輕攪拌之後喝了一口，香氣十足的堅果風味就在嘴裡瀰漫開來。

坐在他左邊的謠則朝咖啡1：牛奶9的杯子裡丟進乳白色的糖錠，喝了一口之後敲打鍵盤說：

【UI＞這是香草口味。】

「我的大概算是杏仁口味吧……」

「我喜歡肉桂口味。」

黑雪公主說出這句評語後，先喝了一口8：2的成人風味咖啡，再把話題拉回正軌。

「……春雪，看來你已經忘了，其實我可是在一個月前，就和你說過學生會選舉的事情。」

「咦？有……有嗎……？」

春雪一邊回答，一邊高速搜尋封存在腦海中的我與黑雪公主對話全集。大約花了三秒鐘後，搜尋到了一個場面。地點在有田家區域網路的虛擬實境空間，日期是在赫密斯之索縱貫賽的兩天前。

黑雪公主的確對春雪提議，要他參選下一屆學生會幹部，對此春雪則回答：「我我我我不行不行不行啦！」之後談話內容立刻轉到講解低軌道型太空電梯，這部分談話也因而從記憶的表層剝落。理由就是春雪怎麼想都覺得那是開玩笑。

「……想是想起來了，可是學姊，難道妳那時候……是認真的……？」

「我當然是認真的，認真的比例大概就和你那杯咖啡歐蕾裡的牛奶差不多。」

——也就是說有七成認真了？天啊，這太可怕了。

春雪打了個冷顫之餘，鄭重問起黑雪公主的真意：

「可……可是……我們就先不講當選或落選的問題，這個，為什麼會找上我呢……？學生會長自然是不用說了，其他像是副會長、書記或會計這些職位，我都完全不覺得自己有辦法勝任……」

生澤真優的確提到了春雪在飼育委員會的活動成績，以及他在校慶對班級展覽的貢獻，說春雪也能勝任幹部的職責。但實際上他之所以會主動報名擔任飼育委員，是因為一貫的冒失技能不小心發動，班級展覽方面也並未做出什麼技術性很高的事情。他自己就是無法信服黑雪公主與生澤要他參選的理由。

看到春雪低著頭，坐在他正對面的黑雪公主露出溫和的微笑——嘴上則說出相當反方向的話：

「遇到這種關頭，你能不能勝任幹部只是其次。我之所以要你參選，當然是因為站在超頻連線者的立場，擔任幹部會有各式各樣的好處。」

「…………咦？」

「我之所以當這副會長，理由就是為了這些好處，這我不是說過很多次了嗎？只要當上學生會幹部，在對校內網路的存取權限就會擴大。不但可以查閱全校學生名簿，更可以像我後來做的那樣，開啟允許外來連線的祕密閘道。再來就是還可以把這學生會室，拿來當成軍團的作戰司令部。只是話說回來，只有會長這個職位我實在不推薦。畢竟要和各個專屬委員會、社團活動和校方管理部門進行交涉協調的工作，所以現任會長上岡同學可是忙碌得很。」

「……請問，副會長就不用做這些事情嗎？」

「畢竟我答應上岡同學加入他的候選團隊時就開過條件，說我的工作要以幕後的事務處理為主。順便告訴你，書記惠的工作是製作各種宣傳文書，會計西同學的工作其實是全面輔佐會長，會計業務反而是我在做。」

「這……這樣啊……那也可以請她把我真正負責的工作改成打掃、採買跟泡茶之類的？」

「一開始就提出這種要求，難保不會讓這位生澤同學對你失去信任喔。」

黑雪公主露出苦笑，輕聲將茶杯放回茶碟上。

「但從這個角度來看，生澤同學想當會長就是個好消息。只要請她另外找個人來參選本來應該會和會長一樣忙的副會長，拓武擔任會計，春雪擔任書記，至少接下來這一年，梅鄉國中作為黑暗星雲據點的防守，就會很令人放心。」

「為……為什麼我是當書記？」

「你不是喜歡書嗎？這年頭可沒有幾個學生自己房間裡會有書架，還排滿紙本書籍呢。雖然你的書架上還排了復古電玩就是了。」

「那是家父放的書，不過也是啦，我是不討厭書……可是這和書記的工作有什麼關係？」

「文章這種東西，如果不是從小時候就看過很多書，是很難寫得好的……這是惠說的。而且我也想看看你寫的文宣。」

春雪完全不覺得自己寫得出這種東西，但還是用力吞下了差點一如往常反射性就要出口的否定言語。

像生澤那樣想成為更接近黑雪公主境界的人，這樣的上進心。

又或者是想對梅鄉國中學生做出貢獻的公德心。很遺憾的，自己心中找不到這些念頭。

但話說回來，為了站在超頻連線者立場，為了防衛據點……為了這樣的動機來參選，做出這種事情真的沒關係嗎？善盡副會長職責的黑雪公主也就罷了，要是換成沒有任何能力可言的春雪做出這樣的事來，那難道不是在欺騙生澤真優與全校學生嗎……？

春雪正咬緊嘴唇，一隻小手就輕輕碰了碰他的左手。

四埜宮謠露出微笑，就這麼把春雪的皮膚當鍵盤來打。櫻花色的字型以緩慢的速度在視野中浮現。

【UI＞有田學長，我想重要的是要不要努力。】

「咦…………」

【UI＞我認為不管出於什麼動機，有田學長一旦當上學生會幹部，一定會拚命努力工作。就和你努力把小咕的家打掃乾淨的那個時候一樣。而我認為這才是最重要的。】

「…………是這樣嗎……」

春雪將視線從謠的笑容上移開，喃喃自語。

一遇到難受或痛苦的事，三兩下就會排斥而想逃避。這就是春雪對有田春雪這個人的自我認知。要不是黑雪公主找出了把自己關在校內網路虛擬壁球區的春雪，相信那悲慘的日子一定仍在持續。打掃小木屋的時候也是一樣，要是謠再晚一點來，說不定自己掃到一半就放棄了。

可是，謠的意思是不是說，那樣也沒關係？她是不是在說，即使沒有了不起的動機或使命感，哪怕沒有辦法貫徹到最後，想把一件事情做好而努力才是最重要的？

「沒有結果的努力有意義嗎……你現在就是在想這個問題吧？」

心中的自問自答被黑雪公主精準說中，讓春雪吃了一驚，抬起頭來。

現任學生會副會長將她漆黑的眼睛望向中庭方向的窗戶，以平靜的聲調繼續說道：

「……雖然還在下著小雨，但相信現在千百合正為了準備大賽，在運動場上努力練跑。可是，假設她沒能在大賽中奪得冠軍……又或者沒能跑出目標時間，她現在的努力就沒有意義嗎？」

「…………！」

絕對不是這樣。腦海中爆出這個念頭，但春雪無法將念頭化為言語，握緊了雙手。

「春雪，我剛剛說了很多，但我完全不想硬逼你參選幹部。如果你不好意思拒絕，要我幫你去和生澤同學講也行。可是……你說你不想參選是因為沒有能力，但你真的是為了這個理由嗎？」

「咦…………」

春雪不禁睜大眼睛，看到把頭轉回來的黑雪公主，筆直射來兩道幾乎直貫他腦海的視線。

「如果你是害怕落選會很丟臉……我不希望你為了這種動機而退縮。因為我認為哪怕落選，曾經組成團隊並努力進行競選活動的經驗，將來一定會成為你重要的財產。」

「…………即使是像我這樣的人參選，被大家取笑，拿來當成笑柄……也一樣嗎？」

「大家不會取笑你。」

黑雪公主以堅毅的聲調斷定。

「因為梅鄉國中不是那種爛透的學校，不會一群人躲在後面嘲笑站出來努力的人。哪怕真有一兩個這種沒格調的人，那種人就儘管讓他們去笑。」

「…………………」

黑雪公主的話深深撼動了春雪的心。

——她一定是喜歡梅鄉國中。雖然剛才她說她之所以參選是為了軍團……但想必不是只為了這個動機。相信她心中一定也有著想讓學校變好的心意。

——我又是怎麼樣呢？我喜歡這間學校嗎？雖然我之所以來念這間學校，是因為媽媽決定要讓我進這裡……雖然我被霸凌的時候，每天都後悔進了這間學校…………

——可是，現在，大概……

春雪深深吸了一口氣，斷斷續續地回答：

「學姊…………我還沒有辦法做出決定。我連自己想怎麼做，都不太清楚。可是……我會考慮。我會好好的，認真考慮看看。」

「嗯，這樣很好。」

黑雪公主微笑著慢慢點頭。身旁的謠也連連點頭。

「畢竟登記參選的期限是到暑假結束，你最好也找拓武好好商量過再做決定。只是話說回來，你的回答應該也會影響到生澤同學找人參選的考量，所以最好是能盡快決定——剛才我也說過，我不會逼你。只要是你認真考慮後才做出的選擇就好。」

【UI＞要是又想找我商量，我隨時都很Welcome！】

謠補上這麼一句，黑雪公主就不認輸地說：「我當然也一樣！」兩人先怒目相視一瞬間，然後發出開朗的笑聲。

春雪看著她們兩人這樣，忍不住笑逐顏開，同時在內心深處對自己說……

——我當然也喜歡這間學校。因為我就是在這裡認識了黑雪公主學姊，還有四埜宮學妹。

「好的，我會找妳們商量。和阿拓當然也會好好討論，我打算在這學期結束前……不，是打算在下週之內決定。」

聽春雪這麼說，黑雪公主嘴角一揚。

「那麼你可要在後天開始的期末考考出好成績，盡量減少要擔心的事情才行。如果又想開讀書集訓班，我可是很樂意奉陪的。」

「不……不用了，學姊已經教了我很多了！」

「嗯，是嗎？那這個也用不著了？」

黑雪公主聳聳肩膀，用指尖把一個壓縮檔的圖示轉著玩。

「……請問這是什麼？」

「是我二年級的時候，從過去十年的資料中整理出來的所有科目猜題題庫。順便告訴你，裡頭還多了個附加獎，只要答對所有題目，就可以得到兩百點蝴蝶點數。」

「兩……兩百點！」

所謂蝴蝶點數，是一種很神祕的點數。黑雪公主自己寫了一個ＡＰＰ，只要抓住不時出現小蝴蝶，就可以得到１點，據說集滿千點就會發生一些事情。春雪很努力在集，還只集到三百點左右。但若能趁這個機會得到兩百點，就能一舉突破五百點大關。

「我……我要做！請給我！請務必給我！」

「那你就挑戰看看吧。」

黑雪公主手指一彈，檔案就透過無線方式傳輸給春雪。春雪恭恭敬敬地接過，身旁的謠就不滿地噘起嘴。

【ＵＩ＞幸幸，沒有國小四年級用的題庫嗎？我還集不到五百點，這樣會被鴉鴉追過去。】

「唔，這……這樣啊？那我就整理一份給妳暑假寫吧。」

【ＵＩ＞太棒了！】

謠先拍手慶祝，然後才微微歪頭，不怎麼起勁地敲了幾下鍵盤。

【ＵＩ＞……仔細想想，這樣好像只是在增加暑假作業……】

這次輪到黑雪公主與春雪齊聲大笑。

7

「Hey！」

大排氣量V型雙汽缸引擎發出轟隆巨響。

「Hey——！」

特寬輻射層輪胎發出尖銳的聲響燒灼路面。

「Hey————！」

四處都有尖刺的大型美式機車微微舉起前輪，撕裂黑暗不斷加速。

「來啦來啦來啦，世紀末Sta————ge！這Special Effect能讓大爺我的戰鬥力變成一·五倍啊————！」

「才……才沒有這麼偏袒的特殊效果！」

春雪一邊反射性地吐嘈，一邊擺好姿勢準備應付以高速直逼而來的機車。

「而且一·五倍總覺得有點微妙！」

「閉嘴Shut U————p！這種鬼話，等你實際見識過大爺我的Brand New必殺技！再來講啊————！」

……又有新招啦？

春雪姑且還是小心提防，視線所向之處，只見戴著註冊商標骷髏安全帽的世紀末機車騎士Ash Roller猛然從座位上跳起。他右腳踏上把手，左腳放在座椅上，換成衝浪手的姿勢。

「這根本就是你每次都在用的V型雙汽缸拳吧！」

「Different——！給我把眼珠子挖乾淨看個仔細！」

「要挖乾淨的是耳朵啦！」

「那就都給我挖乾淨——！我要上啦，新必殺技！『最大轉向V型雙汽缸拳！』——！」

Ash在這聲聽起來也不是說完全沒有那麼一點帥氣的招式名稱發聲——但並不是登錄在系統中的真正必殺技，只是他擅自取了這樣一個名稱——同時身體往前一壓。緊接著前輪的碟煞就噴出火花，急減速的同時，後輪則噴出白煙高速空轉。

眼看他整個人就要往前飛出去，但Ash把身體往右一倒，車身也跟著傾斜，把後輪甩到前面來。機車以前輪的接地點為中心，往水平方向不斷旋轉，一路朝春雪撞來。只見輪胎在龜裂的柏油路面刻出一道全黑的波浪狀軌跡。

——喔喔，這招真的好厲害。一邊劃出圈旋轉一邊前進。

看到這種在現實世界絕對不可能實現的高等技術，讓春雪忍不住想拍手，但還是忍了下來。雖說速度多少變慢了些，但機車已經直逼到身前。

機車正在高速水平旋轉，所以要往旁跳開來閃躲會有點困難。既然如此，唯一的方法就是往正上方跳起來閃避。春雪先等機車靠得夠近……

「喝！」

然後在喊聲中全力起跳。Silver Crow屬於輕量級，不用翅膀也能垂直跳起將近三公尺，足以連人帶車從站在機車上的Ash頭上輕鬆跳過——本來應該是這樣。

「——新必殺技Part2！『折疊刀斷頭臺（Jackknife Guillotine）』！」（註：機車後輪騰空行進的特技動作就叫作折疊刀）

就在新的招式名稱響徹周遭的瞬間，機車的水平旋轉切換成垂直旋轉，巨大的鋼鐵車身就像裝了彈簧似的倒立起來，籠罩著白煙而高速旋轉的後輪直逼到春雪面前。

這出招時機絕妙的奇襲，讓春雪要閃避或格擋都來不及，只好至少腹部後縮，同時身體往前倒。儘管總算避免被打個正著，但特寬的輪胎接觸到虛擬角色的腹部，濺出了大量的火花。

「嗚哇，好燙好燙好燙————！」

春雪發出哀嚎之餘，直覺想到要是繼續抗拒旋轉，一定會被從肚子磨得前胸通到後背，於是把整個身體交到輪胎上。這一來身體就像搭上彈射器似的被猛力一拉，往前方發射出去。

春雪一邊按住熱辣辣的腹部進行水平飛行，一邊察看體力計量表。剛才接觸到輪胎，讓他的體力又減少了一成以上，剩下大約六成。

而進入往前翻倒（折疊刀）狀態的美式機車則恢復不了平衡，就這麼繼續往前倒——

「No！No————！」

機車帶著發出高聲哀嚎的騎士，鏗的一聲巨響中，倒栽蔥撞向地面。他的體力計量表也同樣減少到六成。

春雪以翅膀控制姿勢降落之餘，遲疑了一會兒，不知道該去追擊被壓在機車下面胡亂掙扎的Ash Roller，還是該去另一個戰場救援。

他的體力計量表下方，並排顯示著同隊隊員的迷你計量表。

最上面是Chocolat Puppeteer，接著是Mint Mitten，更下面則是Plum Flipper。

她們當軍團「Petit Paquet」的團員，只當到昨天為止。Petit Paquet就在二〇四七年七月十二日星期五下午五點解散，她們三人也在同一時刻加入了軍團「黑暗星雲」。

而再過了二十四小時左右的七月十三日星期六傍晚，春雪和Chocolat三人組組成團隊，為了防守杉並第三戰區而出擊。

進攻方是來自綠之團「長城」的三個人。是老面孔Ash Roller與他的徒弟Bush Utan，以及Olive Glove。

春雪先忍不住感慨萬千地盯著排列在右上方的Utan與Olive這兩個名字，然後才急忙查看雙方的體力計量表。Chocolat她們和Utan等人在爭搶戰場正中央的「要塞據點」，但儘管人數多了一人，卻是由Utan組略占優勢。

但這也是無可奈何。對以往從來不曾擁有領土的Chocolat她們來說，這還是第一次體驗領土戰爭。考慮到她們並不懂得據點的利用法與進退時機等領土戰才用得到的技巧，反而可以說她們已經打得很漂亮了。

春雪朝好不容易才快要從機車下面爬出來的Ash又看了一眼……

「對不起，我去一下中央！」

先和他打了這麼一聲招呼，然後張開翅膀起飛。

「Don't給我跑掉啊，你這臭烏鴉——！」

春雪輕輕揮手回應這聲憤怒的嘶吼，筆直飛向籠罩在華麗光線特效當中的要塞據點。

二十分鐘後。

春雪看著Ash這難兄難弟三人組的體力計量表全都進入紅色危險區，對敵軍喊話說：

「我說啊，Ash兄！」

「幹嘛啦，臭烏鴉！」

Ash答得剽悍，但美式機車前後輪都已經爆胎，排氣管冒出黑煙。Utan與Olive也都攤在機車附近不動。

「我是不抱期望在提議，不過你們全都被打到紅血了，我們都還是黃血，而且也占領住了要塞據點，要不要就當我們已經分出高下？」

「Bull Shi——t！從只剩One dot的大逆轉！才是我們Rough Valley Rollers的Heart and Soul啊你Understand？」

春雪跳過「這是什麼鬼隊名？」這個問題，搔了搔頭盔後腦勺的部分。

「是……是喔？我知道了。」

春雪先朝在身後毫不鬆懈擺好架式的Chocolat等人，然後說：

「那麼，我們就打到最後……」

「不過也是啦，如果你堅持，那也可以啦。」

「什……什麼？」

「那今天就當作是平手吧。」

「什……什麼！」

「那，你要怎樣？只剩五分鐘啦。」

「好……好的……」

春雪心中有著一大堆吐嘈的話想說，例如你們的Heart and Soul可以這麼簡單就放棄嗎？還有雖然嘴上說平手，但系統就是會根據雙方剩下的HP量來判定成我方獲勝，但的確沒剩多少時間，所以春雪連連點頭說：

「呃，我有些話想和你們說……」

「那就在那邊的據點聊聊吧。喂，小猴、橄欖，我們要換地方啦。」

「知道了的咧……」

「是，大哥。」

爆胎的機車和起身的兩人一起搖搖晃晃地往前進，春雪正要追上去，卻被人從身後戳了一下。

轉身一看，就看到站在那兒的Chocolat臉上露出極為尷尬的表情。

「…………那個骷髏頭可以相信嗎？他會不會假裝要談話，然後出手偷襲？」

「嗯……嗯，不用擔心。他沒那個腦袋算計這種事情。」

「這的確是很有說服力啦。」

Mint與Plum都對Chocolat的評語點點頭。

春雪一邊心想Ash兄的人望真不是蓋的，一邊開始跟著往前走。

七個人在圓形的要塞據點外圍找了個地方，圍成一圈坐下後，春雪鄭重鞠躬說道：

「對不起，這是很重要的領土戰爭，我卻這麼任性。」

「這沒關係啦，你說有話要說，是什麼事？」

春雪將視線從兩手一攤的Ash身上移開，看著坐在旁邊的Bush Utan與Olive Glvoe。他們兩人的胸部裝甲上，當然並未附著任何物體。

「呃，也不是有什麼事……只是想說一聲。這個……雖然我們不同軍團，但Utan和Olive可以平安回來，我覺得很高興。」

春雪這麼一說，Ash就聳聳肩膀表示這種事情哪有需要特地講，Utan與Olive則難為情地搔了搔頭。

「我說你啊，這種事情是理所當然的Of Course好不好？長城又不是那種團員沾染到一點怪東西就要開除人的小家子氣軍團，小猴和橄欖也不是那種會沮喪自閉的Dark Root傢伙。」

「D……Dark Root……是什麼意思？」

「黑暗的根，就是根暗啊！（註：日文「陰沉」之意）考試會考，你好好Remember！」

「…………絕對不會考……而且都是你講什麼Dark，我還以為和ＩＳＳ套件有關呢。真會沒事亂嚇人……」

春雪嘀咕了幾句後，接著換Chocolat有點客氣地開口：

「……請問……從剛剛你們說的話聽來，這邊這兩位也被『那個東西』感染過……？」

Utan和Olive對看一眼後，像要揮開恐懼似的用力點點頭：

「是的咧。我和橄欖都碰了ＩＳＳ套件。」

接著Olive握緊巨大的雙手說：

「而且我甚至背叛了Ash大哥，還想幹掉他……可是大哥原諒了這樣的我。從ＩＳＳ套件本體被破壞之後，他每天查看對戰名單幾十次，還跑來見我。所以我決定了，只要我還是超頻連線者的一天，就要永遠追隨大哥！」

「我也是的咧！我們Rough Valley Rollers會Eternal的Never不滅的咧！」

兩人滿心感動地高舉右拳，Ash Roller就難為情地吼說：

「我說你們喔，我沒那麼了不起啦。而且到頭來大爺我也被套件感染了。怎麼說？還是那句老話，只要Finish好就All Right啦。」

「就是說的咧！」「不愧是大哥！」

春雪一邊心想這也說得沒錯，只要結果真的夠好，一邊看著哈哈大笑的三人，結果……之前一直默不作聲的Mint Mitten小聲發言：

「這個，Utan、Olive，可以請教你們一個問題嗎？」

「當……當然可以的咧。」

「你們兩位……都不恨嗎？不恨製造出ＩＳＳ套件的那些人……還有把套件交給你們的人？」

「…………！」

Utan等人尚未答話，春雪已經尖銳地倒抽一口氣。

受到ＩＳＳ套件寄生，因而背叛同伴的，並不是只有Utan和Olive。Mint和Plum也有過同樣的經驗。但自己絲毫沒顧慮到她們兩人的心情，就提起了套件的話題。自己明明身為這個四人團隊的隊長，卻這麼思慮不周。

春雪轉過身去，正要道歉，Chocolat就在他右肩上輕輕一戳。她把小小的面罩湊過來，輕聲對他說：

「Crow，你不用擔心。敏敏跟梅子都已經從那一天走出來了。」

「可是，既然這樣，為什麼要問那種問題……」

「這是因為……」

Chocolat的耳語被Bush Utan斬釘截鐵的回答打斷：

「輸給了套件的誘惑，是我們自己的責任。當然我是希望加速研究社那些人趕快消失沒錯啦……」

「可是，我們不恨給了我們套件的她。」

Olive Glove接著說到這裡，將橢圓形的鏡頭眼望向世紀末空間昏暗的天空。

「只是……我還真有點擔心。但願她也像我們一樣，有個可以回去的地方。」

Plum Flipper聽到這裡，緩緩點頭說道：

「我也這麼覺得。不知道她現在人在哪兒……」

春雪也和眾人一起仰望夜空。

他在心中呼喚那個企圖以ＩＳＳ套件讓加速世界均一化，後來在和黑暗星雲的最終決戰中落敗而離開的超頻連線者。

妳現在，在哪裡做什麼呢……Magenta Scissor。

七人就這麼各自懷著心中的念頭，默默坐到對戰時間歸零為止。

春雪從領土戰空間回歸到現實世界之後，躺在自己房間床上不動，呼出長長一口氣。

他照顧完小咕就立刻回家，從自己家參加領土戰爭。緩緩睜開眼睛一看，染成晚霞色的天花板映入眼簾。今天一整天都是好天氣，氣象預報說明天也將繼續放晴。

他之所以早回家，是因為打算在今晚趕完六、日兩天份的功課，但從微微打開的窗戶吹進的乾爽涼風實在太舒爽，讓他遲遲找不到機會起身。「好，數到十我就起來，不對，二十，還是三十好了」正想著這些念頭而不認命地在床上賴著——

視野中央出現了告知收到郵件的閃爍圖示。寄件人是千百合。春雪趕緊舉起右手，打開郵

件。

【不好意思，要搭車了沒時間，所以只用郵件講。領土戰爭辛苦了！我在準決賽輸掉了，可是刷新了自己的記錄，所以還算滿意啦。好期待明天喔。你可別賴床啊！】

春雪先看了這段文章兩次，然後按下回信鈕。

看來千百合雖然沒能跑進決賽，但出場的是東京都大賽，所以能跑進準決賽仍然很了不起。春雪一邊在腦中記下等會兒去國中體育聯盟的網頁看一下比賽影片，一邊敲打投影鍵盤。

【小百妳參加大賽也辛苦了。恭喜刷新自己的記錄！領土戰爭這邊因為Chocolat她們很努力，所有戰區都守住了。詳細情形明天再說，妳也要早點睡喔！】

春雪按下寄出鈕，關掉郵件軟體後打起了精神。他對自己說數到三就要起來。一、二……數到這裡，這次又收到語音連線呼叫。是同樣代表社團參加大賽的拓武打來的。春雪放鬆下來，按下接聽鈕。

「喲，阿拓。」

「嗨，小春，領土戰爭辛苦了。情形怎麼樣？」

聽兒時玩伴問起，春雪忍不住苦笑著回答：

「先告訴我你那邊的成績吧。大賽情形怎麼樣？」

「啊，嗯。團體戰和個人戰，都勉強打進了前八強。』

拓武參加的是東京度第三分區國中夏季劍道大賽，東京都大賽的預賽，記得只要打進前八強，就能獲得晉級資格。

「喔喔，那下次就是都大賽啦？恭喜！」

「謝謝。多半會很艱辛就是了。」

「別這麼說，你就打進全國舞台啊……小百好像進到了準決賽。」

「嗯，我也收到郵件了。明天可得幫她慶祝一下刷新自我記錄。」

「也得幫你慶祝啊。對了，我這邊的領土戰爭也全都守住了。然後……我和Chocolat她們防守的戰區裡，來的挑戰者是長城的Bush Utan和Olive Glove。他們兩個看起來都很好。」

春雪這麼一告知，拓武就鬆了一口氣似的喃喃說聲：「這樣啊……」

「太好了。他們成功回到軍團去了吧？」

「嗯，好像是Ash兄很努力照看好他們。他們三個還組成了一個叫作什麼Rough Valley Rollers的團隊呢。」

「哈哈哈哈，這可聽得讓我都想和他們打打看了。」

拓武笑得愉快，春雪則遲疑了一會兒後才告訴他說：

「然後……戰鬥結束後，Chocolat她們也加進來，大家一起聊了一下。Utan和Olive，還有Mint和Plum，都很掛心她。」

「你說的她…………是指Magenta Scissor吧？」

「對。畢竟Magenta意圖散播ＩＳＳ套件……尤其對Mint、Plum還有Ash兄，更是強行讓套件寄生到他們身上，所以他們當然有權恨她啦。可是，包括我在內，我們實在不覺得沒辦法把她當成和加速研究社那幫人一樣的人。」

「……我是本來就沒有權利說Magenta的壞話。畢竟我是主動跑去世田谷戰區，拜託她把ＩＳＳ套件分給我……」

拓武靜靜地這麼說，春雪毅然朝對他問起：

「我說阿拓，你也……擔心Magenta嗎？」

「嗯……說擔心可能不太貼切吧，而且我想她也不想要我們的擔心……只是，我會覺得不希望她就這麼從加速世界消失。畢竟她那麼強，我會希望她下次不要依賴ＩＳＳ套件這種東西，能靠自己的力量戰鬥……差不多是這樣吧。畢竟這條路是我自己也非走不可的……」

「要說差點掉進黑暗面，我也一樣啊。而且我還嚴重得多了。」

「炫耀這個也很奇怪啊。」

兩人無力地笑了笑。

春雪看著天花板上漸漸變濃的夕陽金色斷斷續續地說：，

「我說阿拓，講這個是有點突然啦……明天和長城會談之前，我們兩個要不要都升上6

級？」

「這……這還真的很突然啊。這個提議和Magenta的事有關嗎？」

「好像有關，又好像無關……我說啊，現階段加速世界裡一個10級的人都沒有，所以我們的5級就正好是在正中間，不是嗎？也許可以說是中等級當中的中等級。」

「這倒是沒錯。」

「所以，我心中就是有點退縮，不敢升上6級。6級雖然還不能算是高等級，但已經算是『偏高』。該怎麼說，一旦升了這一級，就再也不能找藉口……而且聽說升上6級後，7級8級的玩家就不會再客氣，會常常跑來挑戰。」

「……嗯，的確，聽你這麼一說，就覺得我可能也是有點退縮。像我其實已經預留了很足夠的安全點數，但一直都不去想升級的事……」

「如果只想有效率地賺點數，也許留在高等級玩家比較不方便跑來挑戰的5級會比較明智。可是……一想到Magenta一直站在6級的立場奮戰，就覺得我也不能老是在退縮……」

「何況我們還有個約定啊。」

「嗯，就是說啊。」

說到這裡，兩人都暫時不說話。

春雪和拓武約好，等他們兩人都升上7級，就要打一場徹底拿出真本事卯足全力的對戰。

要實現這場既令人害怕，又令人期待的對戰，就不能一直安於中等級。

「好，那小春，我們現在就升級吧。」

「咦，現在？」

「俗話不是說擇日不如撞日嗎？反正離明天的會談已經剩下不到二十四小時了，那乾脆現在升級又有什麼不好？」

「……………說……說得也是。雖然會用掉1點點數，下次就打個搭檔戰賺回來吧。」

春雪在床上挺直身體。要操作升級，就必須進入起始加速空間，再打開「系統選單」。

「那……我數到三就連進去嘍。」

「ＯＫ。」

春雪等聽到拓武回答，然後深深吸氣。

「３、２、１……」

兩人齊聲呼喊：

「──超頻連線！」

無論是染上夕陽金光的天花板，還是大型系統書架，甚至連懸浮在空中的陽光粒子，都轉變成通透的藍色。

春雪以粉紅豬虛擬角色的模樣跳了出來，降落在床後頭的寫字桌上。他朝室內瞥了一圈，但他和拓武只是進行語音連線，並未直連，所以除了他以外一個人都沒有。

嚴格說來，床上躺著血肉之軀的春雪，但由於這個房間裡當然並未裝設公共攝影機，所以靠神經連結裝置內建攝影機拍不到的部分，都是由系統以推測方式補上。春雪肉身的臉孔也變成相當粗糙的形狀，讓他看了就掃興，所以他用力撇開臉，敲下虛擬桌面上的「B」圖示。

打開系統選單後，移到點數操作的分頁，再移到升級操作畫面後，比較現在保有的超頻點數，以及從5級升上6級所需消耗的點數。也因為在東京中城那一戰中擊破梅丹佐第一型態時，加算了相當多的點數，就如拓武所說，已經預留了足夠的安全點數。

雖然要按下升級鈕仍然需要勇氣，但要是在這個時候退縮，用來加速的1點就會白白浪費。春雪舉起粉紅豬虛擬角色那長著小蹄的右手，用力敲下按鈕。

一陣酷炫激昂的開場小號音樂響起，顯示現在等級的數字5籠罩在火焰中燃燒殆盡。火焰在視窗中舞動了一會兒後，形成數字6的形狀，隨即消失。

……………升上去了。

才剛想到這個念頭，緊接著春雪就盯著自動切換的系統畫面看。上面顯示著可說是超頻連線者人生最大樂趣之一的「升級獎勵選擇選單」。可選的選擇和以往一樣，一共有四個。

左上有6級必殺技「Digit Pursuit」。

右上同樣是6級必殺技「Bullet Proof」。

左下是強化外裝「Lucid Blade」。

右下則是強化飛行特殊能力的性能。

春雪以往升級時所得到的四次升級獎勵，全都拿去灌在強化飛行特殊能力。前幾天對戰中對Chocolat Puppeteer用的「抱起來丟下去作戰」，也是因為經過這樣的強化才使得出來，而且如果不要求速度，他現在一次最多可以抱著四個虛擬角色飛行。他相信自己過去的選擇，都將Silver Crow的潛力發揮到了極限。

但這並不表示他已經開悟到能夠斬斷煩惱，立刻按下右下的按鈕。

「唔……唔喔喔……總覺得必殺技和強化外裝聽起來都很帥氣，不，是聽起來就很強……雖然我每次都這麼說，但如果能給點試用期間該有多好啊……」

春雪以短短的雙手還抱在胸前，沉吟良久。

十秒鐘後他得出的結論是——

「……還是仔細考慮過再決定吧。獎勵晚點再拿也行。嗯，就這麼做吧。」

他這麼自言自語，然後關掉整個系統選單。

春雪呼出一口氣，查看加速時間，發現還剩二十五分鐘。他決定既然都花了點數，就應該有效利用剩下的時間，於是從虛擬桌面啟動課題ＡＰＰ。

「早知道會這樣，就應該找拓武過來直連了。」

春雪獨自發著牢騷，打開了多半最費腦力的數學課題。但由於昨天發回來的期末考考卷，他拿到了過往堪稱最頂級的分數——雖然也只和千百合不相上下，遠遠比不上拓武——讓春雪怕做功課的意識有了少許消退。

「好，就在這次加速之中解決五題……不，四題就好！」

春雪對自己這麼宣告，瞪著第一個二次方程式。

二十五分鐘後——現實時間則是一．五秒後，春雪結束了加速，在開著沒關的課題ＡＰＰ按下存檔按鈕，嘆了一口氣。緊接著：

「看你累成這樣，我看不是猶豫升級獎勵該選哪個猶豫了大半天，就是在裡面做了功課吧？」

腦中傳來拓武帶笑的嗓音。

春雪完全忘了語音連線的線路仍然接通，趕緊回答：

「是……是做功課啦。獎勵我只想十秒就決定了！」

「是喔，你選了怎樣的？」

「不，我決定以後再選。那阿拓你就選了嗎？」

「我當然也決定以後再選。畢竟我決定過以後都要自己仔細考慮再來選。」

拓武到升上4級為止的三次升級獎勵，全都在「上輩」的命令下選擇了必殺技。看來他對此有些後悔，但多半也正式因為這樣，才會決定以後要用自己的頭腦徹底想清楚再選吧。

「就是說啊。要是明天有時間，就找學姊和師父她們也商量看看吧。只是照她們的作風，我想是絕對不會給出直球式的建議啦。」

「哈哈哈，肯定是。不過，還真是期待……啊，小春，你可別因為升了級，就滿腦子都只顧著想升級獎勵啊。畢竟明天和長城之間的會談，是一件會左右黑暗星雲往後命運的大事，可得專心應付才行。」

「嗯，我知道。我一字一句都不會漏聽的。」

「而且，在某些狀況下，搞不好…………」

「咦，搞不好會怎樣……？」

「啊，沒有，是搞不好我們也會被要求發言。」

春雪覺得拓武有些話隱瞞不說，但這種時候追問下去多半也是白問，於是決定點點頭說：

「也對。不管怎麼說……阿拓，明天一進到澀谷戰區的瞬間，我們就要繃緊神經啊。」

「嗯。我想全球網路連線應該會切斷，但也不能保證不會有人透過店家之類的區域網路跑來找我們對戰。不管發生什麼事，保護軍團長都是我們的職責，小春。」

「那當然，我們要加油喔！」

「加油！」

兩人互相鼓舞，儘管拓武看不見，但春雪仍然用力握緊右手，結束了通話。

沒錯，明天黑雪公主就要以血肉之軀，前往加速世界最大軍團長城的領土，而且對方的幹部也知道這件事。雖然不覺得綠之王自己會使出偷襲的手段，但針對所有可能做出因應準備，本來就是騎士的職責。

明天從抵達杉並到平安回來為止，都絕對不能鬆懈。他深深下定決心，然後再度做起數學的課題。

8

絕對不能鬆懈。

他明明下了這樣的決心。

可是……為什麼……會這樣——！

「……真的是，為什麼，會弄成這樣啊……」

春雪一邊自言自語，一邊放鬆全身，把身體靠在透明的游泳圈上。

清涼的水聲與兒童的嬉鬧聲搔著耳膜。從窗戶射進的陽光反射在周圍的水面上，形成形狀不定的波光。維持在攝氏二十八度的水，將一股暢快的冰涼感傳到背上與手腳上。

七月十四日星期天，下午一點。

春雪身上只穿著一件鬆垮的泳褲——神經連結裝置當然仍佩掛在身上——漂在二十五公尺長的游泳池角落。

南邊的牆壁全都是落地窗，可以從地上一百五十公尺的高度，將澀谷、代官山與目黑的街景盡收眼底。

「……好棒啊，我還是第一次來這麼高的游泳池。」

春雪這麼喃喃自語，在他附近同樣漂在水上的拓武就點了點頭。他穿的泳褲是運動款的五分褲，但游泳時終究不再戴眼鏡了。拓武並未用到游泳圈或浮板，但他果然運動萬能，似乎只慢慢動著手腳就得到了足夠的浮力。

「我也是第一次啊。一想到有這麼大量的水放在高樓層，就覺得有點不放心呢。」

「呃……這游泳池裡大概有幾噸的水啊？」

「長二十五公尺、寬八公尺，深度大約一．五公尺左右吧……計算下來容積正好是三百立方公尺，也就是三百噸了。」

「三……三百噸！真虧這地板撐得住。」

「我想這棟大樓應該是不要緊啦。畢竟拉文廣場是在奧運那陣子開業的。」

拓武說著也抬頭看著窗外的夏日藍天。

「澀谷拉文廣場」和二十七年前的東京奧運在同一年開幕，是澀谷車站周圍的都市更新地區。以聳立在車站東側，高兩百三十公尺，地上四十六樓的辦公大樓「澀谷拉文大樓」為中心，車站西側有著兩棟一百八十公尺級的住商混合大樓，南邊則有同樣高一百八十公尺，地上建築三十四樓的商業大樓「南方大樓」。

隔著明治大道所建，於二〇一二年開業的澀谷明光大樓高度也是一百八十公尺，所以合計一共有足足五棟極高的大樓，密集在這狹小的範圍內。聽說名稱「拉文」並不是Loving，而是取自意指峽谷的Ravine。

春雪他們所待的這個游泳池，就是一間位於南方大樓高樓層，可說是高而高貴的旅館當中。基本上這個游泳池是專供房客使用，而且現在又正好是介於退房與入住時刻之間的時段，所以除了春雪等人以外，幾乎完全沒有其他顧客使用。只有三四個成年人坐在游泳池邊的折疊長椅上，以及三四個大概還是國小低年級的小朋友泡在游泳池裡。

高層大樓的高級旅館，這樣的地點讓人無法不想起兩週前他們才在那兒展開激戰的東京中城大樓。為了避過鎮守大樓的大天使梅丹佐那強大的攻擊力，溜進去破壞ＩＳＳ套件本體，七王會議上就曾討論過要派人從現實世界住進旅館的高樓層，然後從中連進無限制空間來進攻的計畫。

但這個計畫遭到住一晚要三萬圓的超高級住宿費門檻駁回。不過話說回來，如果不是正面迎戰梅丹佐第一型態，也就不能認識她的本體了。

不管怎麼說，春雪理應和高級旅館這樣的地方無緣。若要問到他又不是房客，為什麼可以泡在這個價格多半也和旅館本身差不了多少的游泳池裡——

「嗚哇～～好……棒喔————！」

這個耳熟的歡呼聲從腦後響起，讓春雪把游泳圈轉過半圈。

從更衣室小跑步跑出來的，是穿著短褲型兩截式泳裝的千百合。她身後則有著黑暗星雲的女性陣容外加一個人——也就是黑雪公主、楓子、謠，以及客串參加的日下部綸等四人，穿著形形色色的泳裝跟著走進來。

這並不是春雪第一次目擊到她們做暴露度偏高的打扮。先前在校慶中，春雪就在由二年B班經營的所謂「動物王國咖啡館」那家讓顧客玩角色扮演的咖啡店裡，因為操作失誤而讓所有女性成員換上了布料面積極少的動物泳裝模樣，這件事在他腦海中記憶猶新。

但說穿了那終究是由神經連結裝置所創造出來的擴增實境畫面，並沒有實體，和衝進肉眼當中的真正光學現象，在細節、材質以及震撼力方面，都完全沒得比。

——不，我又怎麼敢確定現在看到的就是現實中的光景？會不會是我的神經連結裝置被人入侵，把本來不可能出現的畫面灌進我腦子裡？

「……阿拓，那是真貨嗎？」

春雪低聲這麼一說，身旁的拓武就把手指舉到平常碰得到眼鏡鏡架的位置，結果卻摸了個空。但當事人甚至沒注意到自己並未摸到鏡架……

「…………只要拍下視野擷圖，應該就會知道是真是假了吧？如果是真的，應該就會跑出無許可攝影的警告。」

「原來如此，好，那就試試看吧。畢竟要是我們的視野遭到入侵，事情可就嚴重啦。」

「那我負責用影片檢查……」

「喂，那邊那兩個人！你們在那邊講什麼悄悄話！」

但所幸——也不知道算不算幸運，千百合在春雪與拓武操作虛擬桌面之前就抵達起跳區，以久違的超火力千百合光束照射在水中的兩人，大聲喊話。

「啊，你們該不會是想把視野拍下來吧！」

春雪被這位兒時玩伴的直覺嚇得戰慄之餘，和拓武同時搖搖頭說：

「「才沒有。」」

「那你們的手停在半空中是在幹嘛？」

這次他們連連揮動手腕。

「「在熱身啊。」」

「熱身一般都是下水之前做的吧。」

「妳也是啊，千子，要游泳就要先做好伸展動作喔。」

楓子說著這句話，從千百合身後現身，潮水中的兩人看了一眼後露出滿面微笑。她穿著水藍色的帶裙比基尼泳裝，為了保護雙腳義肢的奈米聚合物皮膚而穿的極薄大腿襪與她非常搭。

春雪一邊心想剛才的真空波Raker式微笑是什麼意思，一邊露出僵硬的笑容，黑雪公主就站到楓子身旁。她穿著款式單純的比基尼泳裝，黑底上印著淡紫色的蝴蝶圖案。

她的極凍黑雪式微笑——則所幸並未發動，只見她看著春雪，一臉正經地說：

「這游泳圈看起來挺舒服的。是你自己的嗎？」

「是……是的。昨天的郵件上說要帶泳裝，所以我就想說為防萬一還是帶一下……」

「這樣啊……晚點可以借我一下嗎？」

「當……當然當然，學姊要用多久都行。」

他們正進行這樣的對話，謠就從黑雪公主身後探出頭來。她穿的是胸前有著大型荷葉邊裝飾的橘色連身泳裝，腰間則已經裝備了紅色圓點圖案的游泳圈。

【ＵＩ＞我也帶了游泳圈！】

謠露出滿臉笑容扭腰繞圈帶動游泳圈，楓子就突然從身後連人帶游泳圈抱住她。

「真是的，帶游泳圈犯規啦，謠謠！」

【ＵＩ＞哪裡犯規了？】

謠用雙手打著鍵盤的同時，雙腳還胡亂掙扎，楓子則是展現出令人意外的臂力抱起她甩來甩去。

「想也知道是因為太可愛了啊♡可愛得讓人想就這麼把妳丟進游泳池！」

【ＵＩ＞請不要這樣啊啊啊啊啊！】

「喂喂，楓子，別太過火了。丟下水以前也得讓謠謠熱身啊。」

「啊，對喔。那我就先讓她好好拉完筋再丟下水。」

…………丟下水這部分就沒關係喔？

…………而且弄成這樣，就覺得Chocolat她們沒能參加，不知道是該慶幸還是遺憾。

正當春雪一邊想著這些念頭，一邊目不轉睛地看著游泳池畔香豔火辣的光景……身旁的水面卻忽然隆起。

「嗚……嗚哇啊！」

春雪用力過猛，差點整個人往後翻倒，拓武伸手扶住他的游泳圈。

穿破水面現身的，是不知不覺中已經潛進水底的日下部綸。她身上這件平口比基尼泳裝有著可愛的幸運草圖案，戴著同種花色髮帶的頭部還滴著水。

綸維持下巴以下都泡在水裡的高度，由下往上看著春雪，笑瞇瞇地說道：

「有田同學，午安。」

「啊……午安，日下部同學。」

除了尚未在現實世界見過面的Chocolat Puppeteer等人以外，黑暗星雲的團員都是上午就在澀谷集合，完成了購物與用餐等行程，但長城的綸則是在游泳池行程才會合。

春雪和她哥哥Ash Roller昨天才對戰過，但和綸則有兩週沒見面了，遲疑了好一會兒不知道該從什麼話題說起才好。結果綸以纖細的指尖戳著春雪的游泳圈，小聲說道：

「請問，這個游泳圈，晚點也可以借我用一下嗎？」

「當……當當當然可以了！別說晚點，馬上……」

春雪一邊回答，一邊急著把游泳圈往上舉，從身上解下來放到水上。

「請……請請請請請用…………等等，嗚哇！」

讓春雪大喊一聲，綸也發出可愛尖叫聲的理由，就是突然有人大喝一聲，從上空跳了過來。這個鑽進游泳圈的洞而濺出盛大水聲的不是別人，正是黑雪公主。她濺起的水花，在春雪與漂在附近的拓武臉上打個正著。

「學……學學學學姊，妳妳妳做什……」

「先借的可是我啊，春雪。」

極凍黑雪式微笑終於在這時發動。

「唔，這游泳圈用起來挺舒服的嘛。不知道是用什麼材料做的？」

黑雪公主一邊問出這個也不知道是有幾分真心想知道的問題，一邊把苗條的雙腳從游泳圈裡抽出，換成坐姿。

「是……是的，這是以奈米結晶化彈性材質製造，質輕、極薄、伸縮性高、手感柔順，耐久性也……」

正當春雪用游泳圈製造商文宣似的口吻回答……

留在岸上的千百合就一臉拿他們沒轍的表情拍了拍雙手。

「那邊那幾位同學不要玩了，看過來！今天的主賓要登場嘍！」

水中的四個人抬起頭，還在做伸展動作的謠與楓子也站起來。

七個人的矚目中，從更衣室快步走出來的，是個短髮的女生。她身穿純白的連身型泳裝，所以看得出是女性，但一身流線型的體型散發出幾分中性的感覺。

春雪忍不住一瞬間懷疑這是誰，看到她佩掛在脖子上的半透明機殼神經連結裝置，才總算發現是怎麼回事。她是拿掉眼鏡的泳見晶——Aqua Current。

春雪正看著晶這張多半是他第一次看到的素顏，接著就換楓子拍了拍手。

「那麼各位同學，立正！」

春雪趕緊在水中挺直身體。黑雪公主代表眾人，朝站在起跳區的晶道謝說：

「晶，妳幫大家準備了這麼多張寶貴的入場券，真的很謝謝妳。」

其他六個人也齊聲應和說：「謝謝妳——！」晶不為所動地點點頭，回答說：

「不客氣說。」

是的，春雪這些平凡的國高中生，之所以能在這高級旅館的高級游泳池裡享受度假勝地的感覺，全拜晶為每個人準備了來賓用入場券所賜。至於她之所以能辦到這種事，聽說是因為她母親以前曾在同系列旅館的餐廳當過甜點主廚。

晶把拿在右手上的白色泳帽戴到頭上，以完全一如往常的語氣說：

「那各位好好玩，我要開始游了。」

看樣子她之所以晚了點出現，是已經在更衣室裡做好了熱身。只見晶一彎腰，隨即以連外行人都看得出非常標準的姿勢跳進右端的水道。她以滑行般的流暢動作入水，就這麼在水中前進了將近十公尺，然後才浮出水面，以自由式愈游愈遠。明明看起來一點都沒在用力，速度卻快得嚇人。

她轉眼間就游完二十五公尺，輕巧地轉身往回游。搭配上純白的泳裝，讓她的模樣活像一隻白海豚。

「好……好猛……不愧是『純水無色』……」

春雪這麼一說，拓武就再度讓空氣眼鏡閃出反光。

「這我可不能認輸啊。我也去游一游。」

拓武迅速移到隔壁水道後，配合晶游回來而再度轉身的時機，往牆壁一踢。他以和晶形成鮮明對比的強而有力泳姿，不斷往前進。

春雪平常根本不會靠近學校的游泳池，但由於小時候被父母叫去上游泳班，游泳是所有運動之中他唯一不討厭的。但他的速度當然遠遠比不上晶和拓武，所以一邊踩水，一邊思索該怎麼辦……結果就在這時……

黑雪公主仍然坐在春雪的游泳圈上，朝他肩膀戳了一下。

「春雪，你游泳技術怎麼樣？」

「啊，是的，不至於是旱鴨子。」

「哦？那太好了。那時候也差不多了，我們開始特訓吧。」

「咦？特……特訓？要特訓什麼？」

黑雪公主聽了卻莫名地嘴角一揚。

「哎呀，我還以為憑你的腦筋，應該早就推測出我們來到這游泳池的理由了呢。」

「理由……不就是因為弄到了票嗎？」

「不，要是晶沒幫忙弄到票，我想我們會改去代官山的運動中心。因為我想趁會談之前，盡量讓你習慣。」

「習慣……這……」

春雪一邊說話，一邊望向四周。

晶和拓武一直在游，千百合、謠與楓子還在熱身。綸則在春雪身旁露出睜大眼睛的表情。

「……是要習慣水嗎？」

四周只有水，所以春雪先猜猜看這個答案，結果黑雪公主再度露出微笑。她連人帶游泳圈轉動，把臉湊到春雪和綸面前輕聲說：

「差了一點。是要習慣漂在水上的感覺……說得再清楚一點，是要習慣虛擬的無重力感覺。」

「…………！」

春雪尖銳地深吸一口氣，和綸對看一眼，然後同樣小聲反問：

「這……這意思也就是說……『太空』空間今天就要上線了嗎？。」

「我和楓子認為這個可能性絕對不低。」

「可……可是，為什麼是今天？聽傳聞一直是說會在七月五日前後……可是都過了那麼多天還是一直不出現，所以大家就想說可能會就這樣不了了之。」

春雪說完後，黑雪公主點點頭。水珠從她沾濕的瀏海滴到胸口雪白的肌膚上，緩緩流下。

「的確，我本來也認為如果會上線，應該會在五日前後。因為從赫密斯之索出現在加速世界以來，正好就在這天滿一個月。但這也並不是有什麼確切的根據。BRAIN BURST的更新日期其實還挺隨興的……有時是在官方活動的一個月後，也曾經配合過各式各樣的紀念日。」

「紀念日……例如文化日、敬老日之類的……？」

「啊……我也聽說過。說『大海』空間上線，就是在『海之日』……」

黑雪公主對說出這段發言的綸豎起一根手指。

「妳說得沒錯。順便告訴你們，大家最喜歡的『下水道』空間上線，就是在九月十日『下水道日』。」

「有……有這種紀念日啊……等等，咦？可是，請等一下。」

春雪皺起眉頭，搜尋模糊的記憶。

「記得日曆上的確有一天就叫作『太空日』吧？而且我記得這個日子是在九月……」

「哦，真虧你知道。太空日是九月十二日，是史上第一位日籍太空人所搭的太空梭發射升空的日子。」

「是喔，原來如此…………啊，我不是要說這個。」

春雪在水中搖頭搖得水花四濺，繼續說道：

「既然有太空日，那麼太空空間不是應該會在那天上線嗎？也就是說，應該還得等上兩個月……？」

「如果是這樣，離赫密斯之索的比賽就太久了。像台場有個主題樂園『東京城堡樂園』，加速世界裡拿這個當題材的『古城』空間，就是在園方活動的三十天後上線。我想再怎麼說，也不至於會拖上三個月。接下來我要說的完全只是推測，但我想管理者本來應該打算在比賽三十天後的七月五日讓太空空間上線，卻又發現再往後幾天就是一個和太空不至於無關的紀念日，所以就延期到這天……我是這麼猜測的……」

「這……這管理者感覺有夠馬虎的……」

「這也不是今天才開始的。真要說起來，光是會把BRAIN BURST這種程式交給一群頂多只有七歲的小孩子，之後卻完全放任不管，就已經太馬虎了吧。」

黑雪公主同時批評到遊戲管理者與Originator的口氣，讓春雪忍不住冒出氣泡沉進水裡，綸卻出人意表地發揮過人的膽識，嘻嘻笑了幾聲。但她隨即露出覺得不可思議的表情，再度開口提問：

「請問，這也就是說，今天……七月十四日，是個和太空也不至於無關的紀念日……是這樣嗎？那，今天是什麼日子……呢？」

回答這個問題的，是不知不覺間已經坐在春雪等人背後的池邊，雙腳泡進水裡泡到膝蓋高度的楓子。一小段距離外可以看見不知道是自己下水還是被楓子丟下水的謠漂在水面上，千百合似乎正和拓武與晶一起在另一頭的水道游得很用力。

「那，我要給綸和鴉同學出個三選一的謎題嘍。」

楓子笑瞇瞇地伸出三根手指。

「一、蒲公英日。二、牽牛花日。三、向日葵日。」

「「……………」」

春雪再度和綸對看一眼，戰戰兢兢地問說：

「這個，聽起來三個都和太空完全沒有關連……」

「會嗎？你仔細想想看。」

「呃…………」

蒲公英……會讓棉絮似的種子乘風飛起，要說這形狀像是太空船用來重新進入大氣層的膠囊，似乎也不是一定說不通。

「蒲……蒲公英日！」

「噗噗～答錯了。懲罰是潛水三十秒。」

楓子不改臉上笑容，伸出右腳，腳尖朝春雪上下擺動幾下，於是春雪只好點頭說聲：「知道了……」同時啟動神經連結裝置的計時ＡＰＰ，深深吸一口氣之後，下沉到讓水淹過頭部的深度。

不愧是高級旅館的游泳池，水的透明度相當高。春雪將視線從自己在池底晃動的影子上移開，往前看去。緊接著綸那穿著幸運草圖案泳裝的胸部就出現在極近距離，讓他嚇了一跳，把身體往左轉。

結果接下來換成黑雪公主從水面上的游泳圈往下延伸的下半身直擊他的視網膜。春雪忍不住連連咳了幾下，把肺裡的空氣都吐出去，立刻變得十分難受。但若現在就投降而浮出水面，總覺得多半會被拆穿，於是只好拚命忍耐。春雪再度轉身，在計時器的數位讀秒數到30的瞬間衝出水面。

他正喘著大氣，楓子就笑瞇瞇地說：

「鴉同學辛苦了。水底的風光怎麼樣呢？」

——根本就穿幫了！

就在春雪全身僵硬的同時，綸紅著臉用雙手遮住胸部，黑雪公主也發出尖叫似的聲音。

「風……風光？你看了什麼！」

「呃……呃，這個，呃……學姊，妳穿這件泳裝非常好看……」

「你這句話現在講出來根本糟透了！」

黑雪公主仍坐在游泳圈上，左腳使出一記下壓踢，在春雪腦門砸個正著。春雪再度冒出氣泡往下沉。

「好的，鴉同學淘汰了。那，綸的答案是？」

「呃，呃……記得好像聽過太空牽牛花，所以……我選牽牛花日……」

「噗噗噗～答錯了。好了，潛水三十秒。」

「知道了……」

綸噗通一聲留下波紋消失。或許是因為光線的角度，讓水面染上天藍色，完全看不清楚水底是什麼情形。

春雪從精神與物理兩方面的衝擊中恢復後，等不及綸浮上水面，就抬頭看著游泳池邊的楓

子。

「不好意思，師父，這樣答案就自動確定是向日葵了……」

「向日葵和太空的關係，你還猜不出來嗎？」

「呃……是因為追著太陽跑嗎……等等，唔喔哇！」

綸突然從他眼前十公分的位置浮上水面，讓他忍不住往後仰。

「有田同學，偷跑，太賊了……」

「啊，抱……抱歉。」

「可是，我知道……了。」

綸轉過身去，面向楓子說：

「向日葵……是指氣象衛星，對吧？」

「綸，妳答對了。」

楓子露出滿面笑容，後方則聽到黑雪公主清了清嗓子說：

「你們兩個，不要這樣黏在一起。呃，日下部同學說得沒錯，七十年前的今天，日本的第一顆氣象衛星『向日葵1號』發射升空。為了紀念這件事，七月十四日就定為向日葵日。」

「是喔……原來如此，的確和太空有關啊……」

春雪佩服之餘連連點頭，但立刻又注意到一件事，歪了歪頭問說：

「咦……可是，這麼說是有點雞蛋裡挑骨頭，可是與其配合這種冷門的紀念日，乾脆在一週前的七月七日讓太空空間上線不就好了……？在我覺得和太空有關的日子裡，七夕還主流得多了……」

「話是這麼說沒錯，但七夕歷史悠久，定義也比較含糊。從日本全國來看，過陰曆的七夕……也就是八月才慶祝七夕的地方也相當多。」

「啊！聽學姊這麼一說我才想起來，我外公家所在的山形縣東根市，就是在八月上旬慶祝七夕。」

「哦，是這樣啊？唔，那配合這個節日……不對不對，現在是在談太空空間。」

黑雪公主的思緒似乎有點走偏，只見她再度清了清嗓子，繼續解說：

「不管怎麼說，考慮到這些因素，我和楓子認為和太空也不能說是沒有關係的今天，很可能就是太空空間上線的日子。雖然我們切斷了全球網路連線所以不知道情形，但說不定現在已經上線，已經有很多場在無重力空間進行的戰鬥開打了。既然如此，我們也必須做好準備，以免發生什麼萬一。」

「萬一……也就是說……」

春雪先朝四周瞥了一眼，確定聽得見他們談話的範圍內沒有其他客人後，才接著問下去：

「就是說我們和長城的會談，有可能會在初體驗的太空空間進行？」

「有一部分是這樣。」

「可……可是，今天應該只進行討論吧？就算是在不習慣的新空間，應該也沒有問題才對啊……？」

【UI>所以才說是萬一。】

謠面帶笑容，漂在水面上聽著眾人談到這裡，用十根手指輕快地敲打游泳圈表面。

【UI>我不認為長城的各位會違背約定找我們對戰。可是，在事情發生前，根本不知道會發生什麼事……加速世界就是這樣的地方。】

「……這樣啊……說得也是。尤其像這次這種重要的會談，更是那幫人很可能會盯上的機會……」

春雪一邊回想拓武昨天也說過「在某些狀況下」，一邊喃喃這麼說，謠就點了點頭。儘管春雪並未說出口，但說到「那幫人」，想必在場所有人都想到了加速研究社這個名稱。

「也對。在綸面前講這個有點不好意思，但長城人這麼多，我們不能排除情報洩漏出去的可能。」

楓子這麼一說，仍然讓水泡到下巴高度的綸就小聲回答：

「會談的事只有高層知道，可是高層下令下午兩點五十分到三點十分的這段時間內，澀谷第二戰區裡的所有團員都禁止連上全球網路，所以團員都覺得事情不單純……我想應該是這樣。」

楓子聽她這麼說，微微露出苦笑。

「這道命令是在履行我們的委託啊。可是如果不做這樣的預防措施，就難保不會有閒雜人等連上我們會談的空間，哪怕不是刻意來打擾……但話說回來，要是告訴長城的所有團員說黑暗星雲的人要來所以不准來挑戰，那就更為招來無謂的危險。」

「……的確，總覺得……一定會有人想和黑之王單挑，哪怕因此抗命被罵也無所謂……」

聽綸說得過意不去，黑雪公主也嘴角一揚，笑著說：

「那就麻煩妳轉告這些人，說只要在領土戰爭時來杉並一趟，我隨時都可以一對一奉陪。不管怎麼說……春雪，說到這裡，你應該知道我和楓子在擔心什麼了吧？」

春雪被叫到名字，趕緊點頭回答：

「知……知道。要是沒料到有人前來挑戰，而且還是在剛上線的太空空間，就會施展不開……學姊妳們就是擔心會演變成這種情形吧？」

「沒錯。畢竟在多半是無重力狀態的太空空間裡，應該會需要用到相當特殊的動作和方向感……其實如果能在『大海』空間的海裡訓練當然是再好不過，但要一直加速到抽到那個稀有場地為止，也未免太辛苦了。所以呢，我們決定就在現實世界訓練！」

黑雪公主伸手在水面上一拍。

「講解拖得太久了點，但離三點的會談還有一個半小時。要游泳還是要潛水都行，累了也可以上岸喝熱帶果汁。各位，大家要全力玩個痛快，這就是今天的特訓！」

春雪等人一齊舉起右手，大喊一聲：「遵命！」

綸和謠和似乎終於游累的晶等人交換，去到靠裡面的水道來回游了幾趟後，時而玩玩潛水，時而上岸喝些色彩繽紛的果汁，時間轉眼間就過去了。

到了下午兩點五十分，黑雪公主把所有人叫到游泳池的角落集合。八個人泡在水裡圍成一圈。

「好了各位，習慣身體漂浮的感覺了嗎？」

對軍團長的這個問題，千百合歪了歪頭回答：

「好像是習慣了點，又好像沒有……而且學姊，靠這種訓練真的就能對應太空空間的無重力嗎？」

「誰知道呢？畢竟我也沒體驗過。」

這個回答讓眾人當場跌倒而濺出水聲，黑雪公主卻一臉漫不在乎的表情說下去：

「在我們當中，唯一體驗過加速世界無重力狀態的，就只有在赫密斯之索縱貫賽裡跑到最後的楓子和春雪。可以請你們兩位根據你們的經驗，給大家一點建議嗎？」

春雪和楓子對看一眼後，戰戰兢兢地回答：

「這個，我是沒能飛到終點……可是，我覺得那種上下左右分不太清楚的感覺，和潛到水裡的時候，是有點像……」

接著楓子也歪了歪頭發言：

「我也只是直線飛到終點……不過我認為，是否做好心理準備，臨場表現會完全不一樣。我們已經在游泳池裡整整玩了兩個小時，所以哪怕真的跑出太空空間，也沒什麼好慌的。只要有這樣的心理準備，一定不會有問題。」

「嗯，就是這麼回事。那麼，最後大家就再一起潛進水裡吧。每個人和旁邊的人牽手。」

春雪和自己左邊的黑雪公主與右邊的晶牢牢握住手後，就在黑雪公主喊出的「預備」聲中，深深吸一口氣，潛了下去。

透明的水藍色當中，可以看見同伴們的笑容在搖曳。

為了和加速研究社以及震盪宇宙對決，黑雪公主採取了擴大軍團規模的方針。Chocolat Puppeteer已經在前天加入，讓黑暗星雲的總人數達到十人——如果再加上大天使梅丹佐，就是十一人。

今後以這樣的陣容一起行動的機會多半會減少。他不可以為此覺得遺憾，但他可以把今天的這一瞬間，牢牢烙印在記憶當中。

晶與黑雪公主彷彿感受到了春雪的心意，用力握住牽在一起的手。這個行動接連散播出去，繞了一圈傳回來。

緊接著眾人一起浮上水面。等盛大的水花平息，黑雪公主以鎮定的嗓音下令：

「還剩一分鐘。準備連上全球網路。」

所有人把手伸到神經連結裝置上。會談的舞台是由長城方面安排，所以春雪等人只要靜待對戰開始就行。而他們當然都已經把負責開對戰的Iron Pound，登錄進自動觀戰名單之中。

「還有三十秒。開始連線。」

眾人按住神經連結裝置上的連線鈕。視野中顯示出連上全球網路的視窗。

「還有十秒。九、八、七……」

春雪聽著黑雪公主的倒數讀秒，閉上眼睛。

「……三、二、一。」

一秒也不遲，眼瞼底下準時浮現出一排籠罩在火焰當中的文字，發出火紅的光芒。

【A REGISTERED DUEL IS BEGINNING!】

9

虛擬角色的腳碰到了堅硬的地面。

感覺得到和平常的對戰空間沒有什麼兩樣的重力。也就是說，這裡並不是太空空間。

春雪睜開眼睛後，映入眼簾的是一大片壯闊的漸層色，從鮮明的金色，經過中間的黃花色、晚霞色、淡紫色，轉變成深藍色。

永恆的晚霞天空。這裡是「黃昏」空間。

現實世界中的他身在澀谷拉文廣場的南方大樓高樓層，現在則下到接近地面的地方。說得精確一點，是在中央棟屋頂廣場的角落。右邊是拉文大樓，左邊是高層住宅大樓，南邊聳立著南方大樓，所以的確有種身在峽谷底的風情。

春雪將視線從化為巨大白堊神殿的高層大樓群移開，一邊品味著對並未抽到太空空間而產生的那種像是鬆了一口氣，又像是遺憾的心情，一邊點了點站在四周的同伴人數。看來從黑之王Black Lotus與副團長Sky Raker以下，一個人都沒缺。

——這也就是說……

「烏鴉Must Die……」

這句詛咒的話從正後方傳來，讓春雪全身一震，回過頭去。

站在眼前的，是骷髏安全帽雙眼熊熊燃燒著青白色火焰的世紀末機車騎士。他是以觀眾身分參加，所以並未騎著機車，身上發出的鬥氣卻達到定期對戰時的一・三倍。一種因震怒而顫抖的嗓音從隔著安全帽的面罩傳出來：

「臭小子，是誰准你和穿著泳裝的綸打情罵俏啦……」

「我……我們才沒有打情罵俏啊，大哥！」

「Don't call me 大哥——！光是敢給我Watch到綸穿泳裝的模樣，你就罪該Ten hundred death啊臭小子！」

日下部綸的兄長——Ash Roller的怒氣計量表正急速上升，卻有一隻苗條的手從後拍了拍他的右肩。

「Ash，如果你是想說罪該萬死，我想應該換成Ten thousand才對喔。」

說話的人是他的「上輩」兼師父Sky Raker。她和Ash一樣，並未動用輪椅型強化外裝，以有著優美線條的雙腳站在白色地磚上。

Raker不改溫和的語氣，對全身一震而定住不動的Ash說：

「話說若是真要翻成英文，我想應該說成Your crime deserve capital punishment……這一類的

說法吧？然後我也把綸穿泳裝的模樣看得清清楚楚，我是不是也得死一萬次才行呢？」

「師……師父，這絕對Nothing！」

「那麼，已經沒時間了，你趕快把正事做一做，可就幫了我們大忙。」

「遵……遵命！」

Ash Roller挺直腰桿用喊的答完話，就開始大步跑向寬廣的屋頂廣場正中央。

拉文廣場中央棟的屋頂，呈現出一片有著柔軟草地的空中庭園風情。四角聳立著成排神殿遺跡似的圓柱，鋪著大理石地磚的中央正巧設有兩排平行的大型長椅。但目前還看不到人影。

春雪瞄了一眼顯示在視野上方的兩條體力計量表。

左側計量表下方寫著長城幹部集團「六層裝甲」第三席——「鐵拳」Iron Pound的名字。而右側的名字則是「Viridian Decurion」。也就是Pound在一週前的七王會議後，用「比利」這個綽號稱呼的六層裝甲第二席。但春雪別說跟他打過，連他長什麼樣子都沒見過。

不管怎麼說，負責開啟對戰的人選，的確和對方事前的預告符合。正當春雪左右張望，想找出他們人在哪裡時……

Ash在這約有五十公尺見方的廣場正中央停下腳步，雙腳張開，雙手在身後互握，挺起上半身大聲叫道：

「長城團員Ash Roller！帶領黑之王Black Lotus等七人，晉見吾王！」

他這番終究不敢夾帶Ash語成分的喊話，在四周的高層神殿群當中迴盪了一會兒才消失。

沉默持續了足足五秒鐘……

「辛苦了！」

才被一個粗豪的嗓音打破。緊接著從春雪等人所在位置看去是位於另一頭的地板，就像從建築物內部爆炸了似的隆起，往四面八方飛散。

從直徑約有兩公尺的大洞中跳出來的，是高高舉起拳擊手套狀右拳的鐵質金屬色虛擬角色Iron Pound。看樣子他是用跳躍上鉤拳，從樓下打穿了天花板。

「小拳也真是的，輪到他開對戰就愛沒事耍帥。」

所幸Pound似乎並未聽見Raker的短評，又來了個後空翻之後才落到屋頂上。

接著又有新的人影從Pound打出的大洞跳出來。兩個、三個——四個。

等洞口左右各站了兩人，最後出現的是一個格外高大的人影。這個人影著地時造成的地動幾乎傳到春雪所站之處，是個全身有著鮮綠色裝甲，左手佩帶巨大十字盾的重量級對戰虛擬角色。錯不了，他就是長城團長綠之王「絕對防禦」——Green Grandee。

一陣幾乎讓對戰空間的空氣都激盪出火花的壓倒性資料壓，讓春雪、拓武與千百合都上身微微後縮，但最年少的謠則以若無其事的聲調說：

「……他們就這些人嗎？就算把Ash兄算進去，對方也比我們少一個人。」

聽她這麼一說，就發現的確如此。

相較於黑暗星雲一共派了七個人來，長城方面則有綠之王、Pound、Ash，再加上春雪不知道他們名字的三個人，合計也只有六人。記得Pound上週應該說過要配合黑暗星雲湊足人數。

「……也罷，對方缺人，我們是不必在乎。那我們過去吧。」

黑雪公主輕飄飄地開始浮游移動，於是春雪趕緊跟上。同時綠之團陣營也開始走向Ash Roller等著的正中央。

二十秒後，雙方陣營隔著十公尺的距離對峙。Ash對黑之團的眾人略一點頭，隨即排到綠色行列的尾端。

最先發話的果然是Iron Pound。

「首先，我要求解除觀眾的接近限制！因為要是不解除，就得用喊的才聽得見！」

「沒問題。」

Sky Raker這麼一回答，Pound就從自己的體力計量表按出主控畫面，用戴著拳擊手套的手靈活地操作。接著另一名對戰者按下答應按鈕後，春雪等人面前就出現一則訊息，告知「十公尺接近限制」已經解除。

雙方再度前進，在設至於廣場正中央的兩排大型長椅前停下腳步。雙方的距離縮減到三公尺，看得清楚對方的面罩。

黑雪公主站在七人正中央，正視站在正對面的綠之王，平靜地說道：

「Grandee，我要謝謝你願意接受會談的邀請。」

綠之王重重點頭，但照慣例並不出聲。黑雪公主也早已習慣，並不放在心上繼續說道：

「相信也有人尚未見過，先從自我介紹開始吧——我是黑暗星雲團長Black Lotus。」

接著照副團長Raker、晶、謠、拓武、千百合、春雪的順序報上名號。

相對的長城則是由等級多半最低的Ash Roller報上名號，接著他身旁一名輪廓壯碩的中型虛擬角色很有禮貌地一鞠躬。

「各位好。我是六層裝甲第五席『Suntan Chafer』。」

這人的嗓音怎麼聽都是女性，讓春雪先是一驚，而虛擬角色名稱聽起來比較像是中文而非英文，讓他又是一驚。正當他心想，會不會又是像Chocolat Puppeteer那樣有一半是自己編造出來的名稱，站在他右邊的晶就小聲告訴他說：

「Suntan是褐色，Chafer是金龜子的英文。」

「謝……謝謝妳告訴我。」

看樣子只是聽起來像中文，其實是不折不扣的英文單字。

接著報上名號的，則是個明顯有著女性體型，而且以長城團員來說體型相當纖細的對戰虛擬角色。她一身蒼綠色裝甲上，穿著一件顏色稍濃但屬於同色系的雞尾酒小洋裝。

「…………六層裝甲第四席，『Lignum Vitae』。」

無論是鎮定的聲調，還是不假辭色的語氣，都和Aqua Current有幾分相似。春雪好奇地想知道回歸黑暗星雲前被稱為「加速世界唯一保鏢」的晶有何感想，往右瞥了一眼，卻看到水流裝甲下的鏡頭眼毫無變化。

「Lignum Vitae是號稱全世界最硬的木頭名稱。」

春雪對再度提供解釋的晶又說了一聲謝謝，然後把臉轉回前方。

接著報上名號的，是春雪很熟悉的對象。

「我大概是不用自我介紹，不過還是姑且說一聲。我是第三席Iron Pound。」

看來把雙拳擺到定位，虛打兩記左右拳，就是Pound流的招呼方式。

Pound放下雙手後，站在他身旁的高大虛擬角色帶響一身重裝甲鞠躬，以響亮的男中音報上名號：

「六層裝甲第二席，『Viridian Decurion』。現階段我算是本軍團的副團長。」

——也就是說，他就是長城的第二把交椅了？

春雪一邊這麼想，一邊注視這個人。

Viridian這個字名符其實，裝甲顏色是淺中有深的鮮綠色。他穿著一身像是古代羅馬士兵的盔甲，左手帶著圓形盾牌，左腰則佩著一把尺寸稍小的劍。只看一眼就知道他是個身經百戰的強者。

姑且不說外觀，Decurion這個名稱的意思是……

「是『十人長』。」

又讓晶提供解釋，讓春雪惶恐地說出第三次謝謝。幾乎就在同時，Viridian Decurion舉起右手介紹軍團長。

「然後這位就是我王Green Grandee。」

Grandee只再度輕輕點頭，仍然貫徹沉默。

這時接過話頭的是黑之王。

「這樣在場的人都報上了名號，可是……你們這邊只來六個人就好嗎？我記得Pound似乎說過要湊足同人數。」

「呃……這個嘛…………」

Iron Pound用右手的手套在拳擊頭盔上磨了磨，沉吟著說：

「我是打算湊足七個人啦……比利，他來不來？」

被叫到名字的Viridian Decurion也低聲回答：

「這種場面上別用這綽號叫我，不然我可要叫你紅豆麵包。」（註：Iron Pound的日文拼音為アイアン・パウンド，去頭去尾後讀音近似紅豆麵包的アンパン）

「呃，別這樣……那，怎麼樣，第一席會來嗎？」

聽到這個問題，春雪忍不住深吸一口氣。

Viridian Decurion是六層裝甲的第二席，兼軍團中的第二把交椅。這兩者都是「2」，所以春雪並未多想，但六層裝甲就和黑暗星雲的「四大元素」一樣，是長城的幹部集團。也就是說，照算下來在Decurion與綠之王之間，應該還有一個人。還少了六層裝甲的第一席。

但Decurion以誇張動作聳肩，以感覺不出多少敬意的口氣評論這位地位高於他的人物：

「實在受不了他的三心兩意。我是聯絡過他，但現在都過了五分鐘他還沒出現，應該不用管他吧？」

「是嗎？啐，我還以為今天終於可以一睹第一席的尊容了呢。」

Pound說得遺憾，讓春雪忍不住出聲問起：

「咦……連Pound兄也沒見過第一席？」

鋼鐵拳擊手白了春雪一眼後，點點頭說：

「就是沒有啊。別說我，整個長城軍團裡，見過第一席的也就只有老大和比利，不，我是說Decurion。就連第三席的我，也是連他的名字都不知道。」

「咦咦咦……可以這樣喔……」

「沒辦法啊。聽說第一席單挑Decurion大獲全勝，和老大打成平手啊。我們軍團是實力主義，既然他這麼強，我們也就沒話說。」

「平手……這………」

春雪茫然複誦，同時抬頭看了看Green Grandee。綠之王一副泰然自若，卻是個實力深不可測的人物，他就曾輕鬆擋下變成第六代Chrome Disaster的春雪全力劈出的一劍。Grandee擁有「七神器」之一的大盾「The Strife」，還能駕馭銅牆鐵壁的心念「光年長城」，這個人卻能和他一對一打成平手。這六層裝甲第一席到底是何方神聖？

解除春雪僵硬狀態的，是黑雪公主一如往常的嗓音：

「你們的情形我了解了。哪個團都一樣，幹部裡總會有一兩個令人傷腦筋的傢伙。」

這句聽來有點像在發牢騷的台詞，讓楓子、晶與謠都微微露出笑容。

「對不會來的人一直等下去也不是辦法，那我們就單刀直入，開始討論針對加速研究社的對抗方針………」

黑雪公主的話說到一半就停住，於是春雪將視線往右一轉。

黑之王定在面罩微微往下的狀態不動。楓子正要往她走上一步，卻又察覺到了某種跡象，仰望上空。

春雪也跟著往上看。

在黃昏的滿天晚霞背景下，聳立著三棟高層大樓，不，是高層神殿。尤其高度達到兩百三十公尺的拉文大樓最頂層，更是融入晚霞色的天空中，令人看不清楚。

忽然間，大樓屋頂附近，閃出了小小的光芒。

這個物體反射著夕陽而閃閃發光，急速接近。那不是自然崩塌的物件。這個物體有著人形的輪廓。是對戰虛擬角色。

春雪凝視著這個從高層神殿屋頂頭下腳上墜落的虛擬角色。

或許是因為逆光，裝甲顏色看似純黑。體型相當纖瘦，但從腰間延伸出來的長外套狀裝甲大大張開，彷彿是一對翅膀。從造型精悍的面罩看來，多半是男性型角色。這時還看不見鏡頭眼的光……

當他看清楚這些部分時，黑暗星雲有人發出了聲音。

「啊……啊……！」

是個細小的驚呼聲。

幾乎就在同時，春雪注意到這位神祕對戰虛擬角色的背上，配備著一種細長的物體。

那是──劍。兩把交叉成X字形的長劍。

漆黑的雙劍士。

（待續）

Accel World 17

黑色雙劍、銀色雙翼

二〇四六年十一月

1

「嗚……嗚嗚……嗚嗚嗚～～～嗯…………」

春雪一邊沉吟，一邊讓食指在虛擬桌面上開出的視窗中左右緩緩滑動。

這個視窗是對戰格鬥遊戲「BRAIN BURST」的主控畫面。即使不處在加速狀態也能開啟，提供對戰虛擬角色的狀態與對戰記錄，以及超頻點數的獲得狀況等資訊，供玩家查閱或操作。

春雪一直看著的，就是虛擬角色狀態欄內的「升級獎勵」分頁。從他當上超頻連線者以來就一直空白的這個畫面，現在卻顯示出多達四個選項。原因很簡單，因為上週他的點數終於突破300點大關，Silver Crow升上了2級。

當時他忘了要預留安全點數就提升等級，讓剩餘點數一口氣減少到只剩個位數，還曾讓擔任教官的拓武都臉色蒼白，但總算讓剩餘點數恢復到安全範圍後，現在回想起來就覺得這也是很美好的回憶。但發生的事情這麼令人印象深刻，搶救點數對戰中的記憶卻很模糊，實在很不可思議，但現在更重要的是眼前的難題。

雖說是難題，但這次的難題是所謂「奢侈的煩惱」。畢竟眼前的獎勵選擇畫面上，有兩種新必殺技、一種新特殊能力，以及強化既有特殊能力這四種豪華到了極點的選項在閃閃發光。

「嗚嗚嗚……還是選必殺技比較好嗎……可是新的特殊能力也很難割捨啊……就算要選必殺技好了，也不知道是哪一種比較強……」

春雪的手指只在三個按鈕上漫無目的地擺動，始終並未按下按鈕。活生生的春雪有著精鍊再精鍊的優柔寡斷技能，的確是原因的一部分，但問題是在於BRAIN BURST這個遊戲完全不能進行任何存檔&讀取進度的行為。那種選了以後不滿意就讀取進度重選的技法，原則上是行不通的。也就是說，機會就只有一次。

「…………唔，唔唔唔……既然這樣，乾脆……連按鈕也別看，就碰運氣去選……」

春雪只將視線往上拉，讓視窗離開視野，然後手往後一縮，接著就要毅然往前伸——但他只作勢擺了個動作，然後說：「開玩笑的。」

春雪這次也決定先保留這個選擇，在嘆息聲中就要放下手。

但就在這時……

「嗨，久等啦，少年！我的檢查拖太久。」

這麼一句話從背後傳來，同時背上也被人稍稍用力拍了一記，讓春雪嚇得全身一震，右手差點就要碰到虛擬桌面上的視窗……

「哇……哇啊啊啊！」

他發出慘叫，用力把手往上一揮。所幸總算避免了冒失操作造成的悲劇第二集，但後方卻傳來「咿」一聲奇妙的驚呼聲。春雪想縮回高高舉起不動的右手，指尖卻勾到了東西。

當春雪戰戰兢兢地回過頭去，他看見的是……

在睡衣上披著開襟毛衣與厚實披肩的黑雪公主，以及自己那從睡衣前襟入侵到內部的手指。

「唔喔，不……不是……不是誤會！」

春雪喊出令人莫名其妙的話，全力抽出右手，這一下卻解開了手指鉤住的第二顆鈕釦，讓睡衣布料往左右掀開。

身為梅鄉國中學生會副會長，也是春雪的「上輩」，同時更是曾一度瓦解的軍團「黑暗星雲」團長的黑雪公主，住進這間離阿佐谷站不遠的醫院，已經過了四週。

車禍當時她甚至有性命危險，但靠著這幾年來急速發展的醫療科技MM（微型機械）療法，多半也靠了當事人自己的意志力，終於從死亡深淵中生還。她離開高度加護（ICU）病房後的傷勢痊癒情形也非常迅速，外觀上只剩腓骨骨折的左腳上還打著石膏，出院的日子似乎也已經不遠。

這當然非常值得高興，但對每天放學後都來探望黑雪公主的春雪而言，卻也有著一抹落寞。一旦黑雪公主回到梅鄉國中，又將變回全校學生崇拜的副會長，說不定會忙得連和春雪相處的時間都沒有……
「……最近我可愈來愈猜得出你在想什麼嘍。」
聽到這句話的同時，左臉頰突然被她用力一拉。將視線有些低垂的頭一轉過去，就看到黑雪公主微微噘起嘴的美麗容顏近在眼前。
「哪……哪裡，我沒想什麼怪東西……」
「我話先說在前面，我可是打算出院以後就要嚴格鍛鍊你，目標就定在今年之內升上3級……不，是4級。」
「咦……咦咦——！」
春雪為了和剛才相反的因素而戰慄，黑雪公主啪的一聲鬆開手，讓表情和緩下來後，把頭轉回正前方。
「……其實，不再有這樣的時間，我也有點寂寞就是了……」
她說著這句話的側臉上染上的夕陽紅，與一頭亮麗黑髮之間的對比實在太耀眼，讓春雪不由得連連眨了眨眼，然後才將視線轉向正面。
他們兩人現在並肩坐在醫院屋頂南側的長椅上，看著從阿佐谷到高圓寺一帶的街景。不遠處就有中央線的高架鐵路橫過，更過去一點就是青梅大道。也不知道是出於什麼緣分，這張長椅正對著梅鄉國中所在的方位，只要凝神細看，就能認出遠方有著校舍屋頂大批太陽能板反射出的光芒。

杉並區這一帶，從上個世紀留到現在的商店街與住宅地，到最尖端的智慧型大樓都有，但現在這些全都染上了紅金色，美得令人想命名為「晚霞」空間。

今天一整天都很晴朗，但到了晚秋時節，傍晚的微風就有些冰冷，黑雪公主將先前春雪失守冒犯的睡衣前襟交疊。春雪將無可避免回想起的雪白肌膚影像壓回腦海深處，說道：

「學姊，是不是差不多該回去裡面……」

「不用，我不要緊。謝謝你。而且反正再過二十分鐘左右就是晚餐時間了……在這之前我想待在這裡。」

「可……可是，愈來愈冷了……」

「嗯……是嗎？那你給我一點防寒支援。」

黑雪公主嘴角一揚，把身體往右挪了十公分左右。她苗條的身體也就必然地接觸到，不，是緊緊貼上春雪的左側面。這一貼之下，的確讓寒冷遠離。

「唔，這樣就萬無一失了……你好暖和啊。」

「呃……呃，這個，我對發熱量有自信……」

這是春雪卯足全力的自虐式玩笑，但黑雪公主不笑，只用嘴唇的動作說了句：「傻瓜。」

接著將身體靠得更緊，說道：

「我不是指物理上，是指精神上的溫度。該怎麼說……就是會讓人很放鬆。也難怪倉嶋學妹一牽扯到你，就會和我對立……」

很遺憾的，春雪無法清楚理解到這幾句話的含意，在承受黑雪公主輕巧的重量之餘，歪了歪頭說：

「咦……小百，不是，我是說倉嶋，她只是把我當成她專用的手下……」

「呵呵，算了，遲早有一天會揭曉的，很多事情都會揭曉。」

這次黑雪公主露出微笑，接著又想起了什麼似的豎起右手食指。

「說到這個，剛才你在這裡等我的時候，到底在看什麼？看你好像想破了頭。」

「啊……呃，是BRAIN BURST的主控畫面。」

「哦？……啊，不對，我猜到了。會讓現在的你煩惱成那樣的，就只有一件事——一定就是升級獎勵吧？」

她輕易猜中答案，讓春雪瞪大了眼睛。

「學……學姊猜得真準。可是，學姊是怎麼猜到的？」

「那還不簡單？因為以前的我也一樣煩惱……而且這根本是所有超頻連線者都會走過的路。」

黑雪公主不改臉上的笑容這麼回答後，換上有些懷疑的表情說下去：

「……可是，記得你升上2級已經過了好幾天吧？這些日子以來，你都沒拿升級獎勵就繼續對戰嗎？」

「是……是啊……說來就是這樣……」

春雪雙手食指互碰，點頭這麼一回答，位於他左邊不遠處的臉孔就換上由震驚與傻眼混合而成的神色。

「這還真不知道該說你是慎重還是有耐性……這幾天來我一直在做一大堆檢查，弄得手忙腳亂，的確沒時間好好陪你，可是像拓武應該就會給你挺適切的建議……」

「他……他啊……之前我稍微提到升級獎勵的話題時，阿拓那小子就看著遠方，講說：『我想也沒想就全都選必殺技，所以我想應該不能當參考……』」

「……………這……這樣啊，抱歉。」

黑雪公主以尷尬的表情對不在場的拓武道歉後，輕巧地將以輕量超薄石膏固定住的左腳放到右腳上，就這麼默默仰望從東方開始慢慢沉入紫色的傍晚天空。春雪看著這樣的「上輩」，小聲說：

「學姊，這個……我覺得我一個人再怎麼想也沒辦法決定，所以可以乾脆請學姊幫我決定嗎？決定要選哪一種獎勵……」

「……我剛剛就是在想，該不該這麼做。」

黑雪公主這麼一說，就將視線從天空拉回春雪身上，以認真的表情說下去：

「你一個人很難決定，這我很能理解。『上輩』超頻連線者之中，也有不少人會自己決定『下輩』的成長方向。畢竟上輩有著下輩所沒有的知識和經驗，我也認為說不定這樣才是正確答案。可是……」

黑雪公主說到這裡先頓了頓，把披在身上的那件似乎是用天然羊毛織成的黑色披肩分了一半披到春雪肩上。她的動作充滿了包容力，眼睛卻露出堅毅的光輝。

「……我這麼說似乎嚴厲，但上輩並不是下輩的創造者，而下輩也不是上輩創造出來的東西。你的對戰虛擬角色Silver Crow，是由春雪你自己的心塑造出來的。既然如此，你的翅膀要飛往什麼方向，不也就應該由你自己來決定嗎……」

「…………是。」

春雪乖乖點了點頭。因為他注意到姑且不論戰鬥方面的建議，但要是連不能重來的升級獎勵選擇都依賴黑雪公主，就只是一種推卸責任的行為。要是這種時候沒辦法自己做決定，春雪當時……黑雪公主在梅鄉國中的交誼廳裡把BRAIN BURST程式傳給他的時候，他就不應該按下YES按鈕。

「學姊，我明白了。下次我去到加速世界的時候，會問問看它……問問看Silver Crow。我覺得只要好好去問，它就會回答我。」

「嗯，回答得很好。」

黑雪公主露出笑瞇瞇的笑容，用抓著披肩一角的右手緊緊把春雪擁向自己。春雪事到如今才注意到自己處在什麼樣的狀況下，心臟跳動的速度一口氣加速到三倍。春雪就這麼定格在自行超頻連線的狀態下，甜美的香氣與迷人的柔軟觸感等資訊都灌進他的五感，超過了他處理能力的上限，讓他意識漸漸遠去……

「可是只說這幾句話，就一個做上輩的來說實在很沒出息。」

近得幾乎碰到左耳的嘴唇輕聲吐出這句話，總算將春雪的意識拉回現實世界。

「我不能給你忠告，但就把我自己的經驗告訴你吧。」

「學……學姊自己的……」

春雪先茫然複誦到這裡，思考能力總算恢復到五成左右。

沒錯——仔細想想就知道，黑雪公主……加速世界中威名遠播的9級玩家「黑之王」Black Lotus，當然也曾經只是個初學者。

「這……是學姊的『上輩』教學姊的……嗎？」

但對於春雪的這個問題，黑雪公主輕輕搖了搖頭。

「不……不是的。我的『上輩』在這方面完全採用放任主義……畢竟她連自己的軍團都不讓我進。」

「咦……那學姊是只靠自己一個人練到這麼強……？」

「這個答案也是否定的。『上輩』除了一開始的那一點點時間……還有最後那一刻以外，幾乎完全不干涉我，但我也曾有過一個可以算是『師父』的超頻連線者。我也用這個人的『作風』，把我能告訴你的事情都告訴你吧。」

「作風……」

春雪先複誦過後，才因為和先前不同的因素而全身僵硬。因為他那不怎麼犀利的直覺竟然告訴他有危險。

但黑雪公主彷彿早已料到春雪的這種反應，放在他右肩的手上一用力，牢牢固定住他的身體。接著也不知道她從哪兒拿出了一條黑色XSB傳輸線，將一端插到自己的神經連結裝置上。

「咦？這個，學姊說的作風是？」

「用拳頭，不，『用劍交心』。這就是我師父的作風。」

黑雪公主露出滿面微笑，將另一個接頭噗的一聲插上春雪的神經連結裝置。視野內閃爍的有線式連線警告標語尚未消失，她那水潤的嘴唇就輕聲說出了最致命的一句話。

「超頻連線。」

2

「喝……呀啊啊啊啊！」

卯足全力的一劍劈開虛擬的空氣，音爆的巨響撼動了整個對戰空間。漆黑的刀刃將這些特效拋在後頭，以更快的速度劃過天際。

外號「絕對切斷」8級超頻連線者，「黑暗星雲」軍團團長Black Lotus的這一劍，在加速世界中已經無人敢正面抵擋。除了僅有的兩個例外。

其中一個就是「絕對防禦」，也就是「長城」軍團團長Green Grandee。他所擁有的強化外裝——在七神器中排在三號星的大盾「The Strife」不分遠程近程，能夠擋住所有屬性的攻擊。

而另一人則是黑暗星雲幹部集團「四大元素」之一，人稱「矛盾存在」的Graphite Edge。他的等級和Lotus一樣是8級，而且不止虛擬角色的顏色，外觀上的特徵也和她相似得甚至有些過火。因為他的武器也是握在兩手上的雙劍。

Graph一步也不動，站在原地擋下了Lotus卯足全力的這一劍。

他唰的一聲調轉雙手長劍，舉在身前交叉成X字形。兩把雙刃直劍的造型一致，劍刃部分是接近全黑的鐵灰色，但中央卻是由玻璃般透明的材料所製。因此若從遠方看去，會覺得像是一種劍刃中空，單邊刃寬只有兩公分左右的劍。

本來劍這種武器，無論攻擊或格擋，都應該只使用刀刃部分，但Graph交叉舉在身前的劍，卻朝對手露出透明的部分，也就是劍腹。這種架式讓人覺得光是揮拳就能折斷劍刃，但就只有他做這個動作並不是失誤。

Lotus瞪著這個悠哉站在劍刃後頭的中等體型男性型虛擬角色，在劍刃劈中的瞬間暗自呼喊。

——今天我一定要破了你這種「盾牌」！

Lotus這一記右手劍只是普通攻擊，卻帶著超乎必殺技之上的魄力劈下，在Graph舉起的雙劍交叉部分上劈個正著。

鏗一聲尖銳的衝擊聲響起，發生的衝擊波呈環狀擴散到對戰場地的盡頭。連站在稍遠處觀戰的兩個人影也被這衝擊波吞沒，但這兩人身為觀眾，所以不受影響。

Lotus未能一劍就擊潰Graph的十字格擋，但也並未當場被彈開，就在劍刃互碰的狀態下繼續較勁。好幾年前她第一次劈向Graph的雙劍時，就被輕易地彈開，往後飛了二十公尺以上，所以的確可說是重大的進步——但「絕對切斷」不會以此滿足。

「唔……喔喔喔……！」

她吼出聲來，把每一分力量都集中到右手上。壓縮到一個點上的威力被系統描寫為蒼白的火花，不規則照亮兩人的黑色裝甲。

Black Lotus四肢的劍刃，具備了一種叫作「終結劍（Terminate Sword）」的特殊能力，效果是可以讓劍刃永續發揮最高等級的切斷屬性攻擊力。

配備刀劍的對戰虛擬角色很多，但一般都只有在攻擊動作中，也就是在揮劍時，劍刃才會有威力。但Lotus的劍即使靜止不動，也能持續發生直逼揮砍時的攻擊力。這會造成什麼樣的現象呢？就是只用刀刃格擋敵人的攻擊，就能夠切斷對方的手腳或武器。這就是絕對切斷這個綽號的由來。

與Lotus的四肢接觸還能不被切斷的，就只有對切斷屬性具有最高抗性的裝甲（想來大概也只有Grandee的盾牌），或是有著同等威力的刀劍（這在加速世界當中也沒有幾把）。雖然也不是沒有例外，例如有些物品或特殊能力能在有條件的狀態下擋住這種攻擊——例如Yellow Radio那「防禦力會與轉動次數成正比提昇」的彩棒——但要以理應最脆弱的劍刃側面擋住Lotus劈砍的，找遍加速世界多半也只有Graph的雙劍能辦到。

他之所以露出劍腹，並不是在放水。這就是Graphite Edge這個對戰虛擬角色，不，應該說是他的劍所擁有的力量。

Graph的雙劍擁有兩種極為強勁的性能。

其中之一就是只要把劍刃側面的透明部分當作盾牌使用，就能夠擋住任何攻擊。這種能力不是來自他自己的特殊能力，而是來自劍的材料。這透明部分既不是玻璃也不是水晶，而是用一種硬度甚至超越天然鑽石的「超鑽石」製成。從BRAIN BURST 2039這個遊戲開始運作已有四年，但至今仍未有任何一個超頻連線者能夠攻破他的這種防禦。Lotus當然也不例外。

——可是，今天……今天我一定要……！

「喔……喔喔喔喔喔……！」

Lotus將從全身每一個角落匯集而來的所有能量，打在堪稱加速世界最硬物質的Graph雙劍超鑽石心材上。衝擊波再度發生，並以超高速擴散。或許是承受不住兩名8級玩家全力互抗而超出既定數值的出力，讓理應不能破壞的地面都竄出放射狀的裂痕。

Black Lotus曾和自己擔任團長的軍團成員——說穿了就是她的部下Graphite Edge無數次刀劍互拚。既不是因為他們合不來，當然也不是她仗著團長的權威而對團員作威作福。事實正好相反，Graph從Lotus還只有2、3級的時候就教導她怎麼用劍，說來就像是她的「師父」。

但Lotus拚了命也要在今天這場練武中超越師父，是有理由的。

Lotus打算在近期內，將等級上升到（應該是）史無前例的9級。要從8級升上9級，固然得用掉多得令人頭昏眼花的超頻點數，但她總算累積夠了充足的安全點數，即使進行升級，也不至於影響到軍團長的職責。

就目前情勢看來，其他六個巨大軍團的團長，也幾乎會在同時達到9級，所以和他們同樣被並稱為「純色七王」的她也不能落後。但這當中有著一個問題。升上9級，也就表示等級會超過8級的Graphite Edge。在等級更高的狀態下即使打贏，終究稱不上是「超越師父」。

也就是說，今天很可能就是她最後一次有機會在同等條件下和Graph打。過去這些日子，在現實世界是三年以上，在加速世界更多得數不清的歲月裡，蒙他傳授了這麼多的招式，讓Lotus無論如何都想讓他看到自己的長進——不，單純只是想痛宰這個隨時都老神在在得令人火大的雙劍士，哪怕只贏一次也好，她就是想品嚐到打贏他的喜悅。

「你……也差不多，該給我轟開啦……！」

Lotus一邊感受著視野周圍開始因為專注過度而白化，一邊擠出沙啞的呼喊。

她已經沒有餘力先拉開距離再行拚過。Graph是靠步法閃避的高手，光是要逼得他交叉雙劍格擋，就得費上不少心力。但即使處在這樣的狀況下，隔著兩片透明超鑽石窺見的面罩上，卻仍散發出一種悠然的氣氛。

這種時候Graph最會說的台詞包括「很不錯啊，蘿塔」「再加把勁，蘿塔」「有膽識、蘿塔」等等。他那始終老神在在的態度固然氣人，而那多半是取自Lotus發音的「蘿塔」這個稱呼也讓她想到就氣。

他們剛認識時，Lotus的確還只是個國小二年級生，所以被當小孩子看待，或許還能算是無可奈何，但現在她已經六年級……到明年春天就會變成國中生了。真要說起來，考慮到BRAIN BURST的安裝條件，Graph在現實世界裡的年齡應該也差不了多少吧？真是的，這個雙劍士為什麼就這麼——……

「妳變強了，蘿塔……不，Lotus。」

忽然間，在刀刃互擊而擠壓的背景聲響下，她聽見了這麼一句話。

「——！」

Lotus正震驚地以為是聽錯，這個一反常態的平靜嗓音又說了下去：

「……看樣子我已經沒什麼可以教妳了。」

Lotus從未聽他說過這樣的話，不由得分心，讓旗鼓相當的攻擊力與防禦力所形成的均勢就此崩潰。這一瞬間，濃縮到高密度的能量解放開來。

Lotus完全承受不住這伴隨著鏘一聲爆炸似巨響的壓力，整個人被震得往後方飛去。在「黃昏」空間龜裂的大理石上彈跳好幾次，又滾了好幾圈，好不容易才抓準時機，將右腳劍插進地面，劃出一道軌跡煞車。她輕輕搖了搖頭站起。

本以為Graph同樣從極近距離被捲進這股出力的爆發當中，一定也同樣被震得飛開，但驚人的是這個鐵灰色的虛擬角色卻並未離開原地一步。看樣子他是用交叉的雙劍卸開了所有的力道。

……………真受不了那傢伙！

Black Lotus——黑雪公主一邊在心中這麼咒罵，一邊大喊：

「喂，Graph！剛剛那是你的策略嗎？」

Graph站在超過十公尺的距離外，聽了後放下雙手劍，輕輕聳了聳肩膀說：

「怎麼可能？那是我站在師父立場說的真心話。如果我是要用計擾亂蘿塔的劍勢，我想想……我應該會扯到某種又黑又扁又會到處亂跑的昆蟲。」

「不要說，小心我宰了你。」

黑雪公主以冰冷的嗓音回嗆後，呼出長長一口氣。

雖然很遺憾地未能達成超越師父的目標，但要不是Graph在最後說出那種話，她有信心能拚贏。她把這點也考慮進去，對並肩站在左邊觀戰的兩位裁判問個清楚。

「Maiden、Current。這場算平手……可以吧？」

結果站在右側，有著白與淡紅雙色裝甲的嬌小虛擬角色，先左右搖了搖頭。

「……怎麼看都是蓮姊輸了。」

接著左側這位全身籠罩著一層特異流水裝甲的虛擬角色一邊灑出水滴，一邊依樣畫葫蘆地搖了搖頭。

「我覺得戰鬥就是最後還能站著的人才是贏家。」

「…………唔，是嗎？」

黑雪公主點點頭，視線並不從兩位公正的裁判身上移開——

「哼！」

卻呼喝一聲，右手劍一劃。劍尖迸出的紅色光線筆直劃過地面……說得精確一點，是劃過存在於澀谷車站東出口的大型住商混合大樓——澀谷明光大樓屋頂。就構圖上而言，這條線將四個人分成兩邊，一邊站著Lotus與兩位裁判，另一邊則有著Graphite Edge。

「…………啊。」

Graph似乎發現情形不對，握著劍就要往前跑。但就在此時，他所站的地板卻發出重低音而往斜後方下陷。

「喂，蘿塔，這這這招太賊啦！」

Graph一邊亂揮雙手保持平衡，一邊這麼呼喊，但為時已晚。是黑雪公主用Graph親自傳授的遠距離攻擊招式，斜向劈開了這棟高層大樓上端。這個巨大的結構分離後，開始被重力拉得沿著斷面往下滑，而站在上面的Graph也就必然會被拖下水，說穿了就是這麼回事。

「唔喔……會掉……會掉下去啊——」

雙劍士最後喊出這麼一句話，就從黑雪公主的視野中消失。從那種狀況下要回到高度一百八十公尺的大樓屋頂，找遍全黑暗星雲也只有一個人——只有那位擁有超出力噴射器型強化外裝，現在不在場的「四大元素（Elements）」最後一人才能辦到。而加速世界當中，並不存在任何一個可以飛得比她更高的超頻連線者。

黑雪公主從右手揮過的姿勢挺直身體，看著兩名裁判又問了一次。

「這樣贏家就是我了吧？」

「…………這是犯規。」

「…………太賊了說。」

「我就當作是讚美吧。」

黑雪公主撇開臉去，望向西方的天空。橘紅色晚霞的背景下顯示的兩條體力計量表當中，右側，也就是有著Graphite Edge的那一條急速減少，緊接著遙遠的地面上就傳來沉重的崩塌聲。

五分鐘後——

也不知道是靠著怪運還是實力，又或者是兩者兼具，Graph勉強得以免於掉光整條計量表，搭電梯再度回到屋頂，四個人就圍成一圈坐下。椅子是他們將黃昏空間特有的希臘神殿風圓柱切成合適的高度而成。

由於這個空間是由Lotus與Graph以正規對戰方式生成，也就有著三十分鐘的限制。師徒間的對決花掉了一半的時間，大約還剩十分鐘。他們不是經由全球網路，而是透過軍團專用的封閉式網路為媒介來連線，所以沒有其他觀眾。

最先開口的，是身披淡紅與布白雙色的巫女型虛擬角色Ardor Maiden。

「……蓮姊，妳下定決心升上9級了嗎？」

Maiden之所以用「睡蓮姊姊」的簡稱來稱呼還是國小六年級的黑雪公主，理由極為單純。因為她多半是全軍團遙遙領先的最年少團員，還就讀國小二年級。但她的等級已經達到7級，舉止也非常鎮定。

黑雪公主回望這雙水汪汪的緋紅色鏡頭眼，以微妙的角度點了點頭。

「算是吧……其實我本來是打算今天一定要對Graph大獲全勝，痛快地升級……」

她朝坐在正對面的鐵灰色虛擬角色白了一眼，對方就以沒有半點師父威嚴的態度搔了搔頭。

「我……我也是這麼打算，才講了些像是宣告妳出師的話啊……」

「那就不要在火拚得正激烈的時候說，比試完再正式說清楚不就好了！」

「哎呀，該怎麼說？這跟我的路線不太搭……實在有點難為情耶……」

Graph儘管從黑暗星雲結成時，就是全軍團最老資格，同時也是最強的劍士，但他這種毫無威嚴的感覺卻和以前絲毫沒有兩樣。像那位因為放學時間不同而不在場的四大元素第四人，更將他評為「一個劍才是本體的人」。

但其實這句評語說得相當傳神。Graphite Edge的本體裝甲很薄弱，對格鬥戰也很不拿手，要是不靠雙劍，多半就連遠程型的Maiden也打不過。也就是說，他把幾乎所有潛能都灌進劍，也就是強化外裝當中，是個單一專精型的對戰虛擬角色。。

「不用擔心，相信Graph哥的心意，一定已經透過劍，傳達給蓮姊知道了。」

Maiden在小小的面罩上透出微笑的氣息，這麼一幫腔，Graph就一副覺得這句話深得他心的模樣深深點頭，得寸進尺地說：

「沒錯！徒兒呀，我想說的就是這麼回事。真不愧是軍團的良心，點點說得真好。」

Maiden一聽見這個由Graph取的暱稱，鏡頭眼中充滿的光芒就變得有些可怕。被稱為蘿塔小妹妹的黑雪公主也能體會這種心情，但現在他們必須先討論下去，所以清了清嗓子後開口說：

「Graph的意思有沒有傳達到就先不講，我對剛才的比試也覺得滿意。雖然沒能大獲全勝，但我想……以8級玩家之間的最後一戰來說還不壞。」

「那，蓮姊要升上9級了吧？」

Maiden恢復原來的表情，可愛地歪了歪頭，黑雪公主對她點點頭說：

「嗯……雖然要一次消耗那麼大量的點數，光想就覺得可怕，但既然要升上10級，就避不開這一步……」

結果就在這時，先前一直默默旁聽的苗條流水虛擬角色Aqua Current平靜地說道：

「點數偏低的時期，我們會完美保護好Lotus，妳儘管放心。」

黑雪公主轉身面向左邊，對這個發出潺潺細水聲的虛擬角色輕輕點頭。

「謝謝妳，Current，可是，妳不必操這種無謂的心。定期在無限制空間獵公敵的活動，我升級後也照樣會參加。」

「……我就知道妳會這麼說。可是……有件事我有點擔心。」

「妳是擔心那個傳聞？說一旦升上9級，就會適用某種以前都不存在的特例規則……」

Current一點頭，從頭部後側像兩條髮辮般流動的水就跟著搖動。

加速世界裡傳出「9級特例規則」的傳聞，是大約三個月前的事。消息來源不明，內容也極為不明瞭。情報會這麼少，是因為大多數超頻連線者都覺得這件事和他們無關，只當成是耳邊風。

這也怪不得他們。據說現在超頻連線者將近有一千人，但升上8級的人少得屈指可數，而已經將9級納入射程範圍內的人，相信更是不滿十人。就連黑雪公主，之所以存得到這麼多點數，也有很大一部分是靠了黑暗星雲團長的立場。

也正因為這樣，如果真如傳聞所說，升上9級後就設定了某種風險，自己就更是非得親身驗證不可……黑雪公主是這麼想的，然而……

Aqua Current將她流線型的面罩往左一轉，以一對泛青色的鏡頭眼正視Graphite Edge。

「Graph，我覺得只要你比Lotus先升上9級看看，就可以查證傳聞的真假了說。」

鐵灰色虛擬角色聽她若無其事地對自己提出這個還真有點令人震撼的提議，當場全身一震。

「咦……咦咦？要……要我來？」

「我和Maiden還只有7級，但你已經8級……而且，我認為你離9級的距離是僅次於Lotus的近。我有說錯嗎？」

Current之所以不提及「四大元素」不在場的另一個人，是有理由的。這個人也和Graph一樣是8級，但到最近卻透露出想從軍團第一線退下來的意願。理由並不是因為對BRAIN BURST這個遊戲玩膩了，而是正好相反……是因為她從一個超頻連線者的立場，以比任何人都更純真的方式尋求更高的境界。

儘管性質和Graph不同，但她對黑雪公主而言同樣是最知心的朋友。一想到她正逐漸遠去，就覺得胸口一陣刺痛，但黑雪公主強忍心痛，專心聽著Current與Graph之間的對話。

「呃，呃……我是不會否認啦，可是考慮到要預留安全點數就有點不夠，而且像我這樣的角色，又怎麼可以搶在純色七王之前升上9級……」

「那麼只要Graph哥也稱王就好了。」

聽左側的Maiden也說出這樣的話來，讓這位雙劍士雙手和頭都做出交互往返運動。

「不……不行不行不行，這擔子我扛不起啦。而且要知道我的顏色名是『Graphite』啊……就算我稱王好了，是要稱什麼王？『黑鉛王』嗎？（註：日文中的石墨漢字即為「黑鉛」）」

「這和蓮姊的『黑之王』撞名，所以不行。」

或許是在報平常被稱為「點點」的仇，Maiden冷漠地駁回，讓這個劍士說不出話來。緊接著Current也說出了毫不留情的評語：

「我覺得『鉛筆王』才對說。」

「鉛筆……這是什麼啊，可倫姊？」

Maiden微微歪頭，疑似和黑雪公主同樣是國小六年級生的Current就解釋給她聽：

「以前有種用石墨當筆芯的文具很普及。又細又容易折斷，所以這稱號跟Graph很搭說。」

「這樣啊……原來這年頭的國小生已經沒聽過鉛筆啦……等等，我不是要說這個！卡林，我的心靈才沒有這麼脆弱！」

「前不久你被紫之王痛宰的時候偷偷沮喪一陣子，大家都注意到了說。還有……我說過很多次，我這名字不唸卡林，是唸可倫。」

「啊～呃，我住的地方有種名產叫作水花林糖，讀音就是卡林……」

「你肯定在騙人！」

聽到這裡，黑雪公主終於忍不住笑了出來。雖然也許是他們三人注意到剛才她的心情有些低落，故意來上這麼一段歡樂的對話，但這也是大家的好意。

「哈哈哈……好啦，Maiden、Current，就放過他吧。就算升上9級會有不確定因素，我也不能叫師父幫我在前面開路。而且，看目前的情勢，我多半會和其他幾個王選在同一個時候升級……哪怕情形不對，我和他們也是命運共同體。」

黑雪公主一說到這裡，Graph就在他那造型單純卻又精悍的面罩上露出正經的神色。

「和其他王同時……？——蘿塔，妳的意思也就是說，會在升上9級前後，召開一場七個王全部參加的會談？」

「看到時候傳聞是真是假，也不能說沒有這個可能。以前我們也進行過兩王、三王、四王規模的外交會議，我想也只是改成七人版而已……」

「這樣啊…………」

Graph先頓了頓，雙手環抱，露出思索的模樣。他平常一副漫不在乎，無法捉摸的模樣，但偶爾會發揮出犀利的洞察力，所以其餘三人都默默等他開口。

過了一會兒，雙劍士抬起頭後，做出了略顯唐突的發言：

「蘿塔，這些日子以來，我對妳的升級獎勵提供了很多建議。」

「……？是啊，我是很感謝你……」

「不，我不是要妳道謝。因為這等於我決定了妳這個超頻連線者的發展走向。發展成專精一對一進攻。」

「……你怎麼突然說這個？我可不是只乖乖聽你的話在強化這個虛擬角色。會這麼做，是因為我自己也覺得這個方向最能讓我打出自己的風格。」

黑雪公主將刀劍狀的雙手微微攤開，Graph就跟著點點頭說：

「我也不是事到如今才要改變自己的論點。我認為到了最後關頭，真正最關鍵的局面，單一專精型的練法會比萬能型更能發揮『打破僵局的力量』……這個信念無論發生什麼事都不會改變。不過也是啦，對在場的妳們三個根本就不必說這些。」

這次換黑雪公主、Maiden和Current點頭回應。

黑雪公主從還是個新手的時候，就根據師父的建議來選擇升級獎勵。她一次都沒選過長射程或廣範圍的必殺技或強化外裝，始終只選擇近戰／對單一目標的必殺技與強化四肢刀劍攻擊力的獎勵。

她從不曾為此後悔，更認為能練出威力強大的特殊能力「終結劍（Terminate Sword）」，也是因為往單一專精型的方向發展。Ardor Maiden與Aqua Current雖然不是Graphite Edge的徒弟，但成長的走向也都一樣，Maiden應該是以強化遠程火力為主，Aqua則以強化流水裝甲為主。

——明知如此，Graph為什麼事到如今才說這些？

雙劍士面對三人像是在問這個問題的視線，難得顯露出一瞬間的遲疑，然後低聲說：

「…………我是覺得應該不會有這種事啦……可是蘿塔，萬一妳會在沒有我們在的空間裡，和一群幾乎和妳一樣強的人陷入一片混戰……妳也千萬不要放棄自己。不要想著多對一，要專心打好眼前的一對一。妳要搶攻搶攻再搶攻，管他對手是什麼東西都照砍不誤。因為這就是妳的優勢所在。」

3

「……我的師父說，這就是我的優勢所在。說不定在那個時候，他就已經有了預感……預感我將會用我的劍讓七王會議染血……」

黑之王Black Lotus喃喃自語似的說完後，春雪默默看著她那剽悍卻又流麗的身影。

黑雪公主在開始直連對戰前說要「用劍交心」，但所幸她並不是一來到對戰空間就揮劍砍來。她讓春雪也幫忙把地形物件修整成椅子，面對面坐下來後，告訴他這段有點說來話長的往事。

儘管黑雪公主並未提到專有名詞，但她說到在兩年前……二〇四四年夏天瓦解的「初代黑暗星雲」副團長群當中，就有一個超頻連線者是她的師父。也說到這個人給了她建議，要她往單一專精型，而不是萬能型發展。

儘管並未提到的部分，有一大堆環節令春雪覺得不可思議——例如她的師父為什麼不是她「上輩」，而是其他超頻連線者等等——但現在他最掛心的是黑雪公主那像是在忍受痛苦的神情，於是從臨時削製成的椅子上站起。

「學……學姊，這個，之前不久我也說過……我認為學姊選擇和其他王戰鬥的這條路，是理所當然的。因為BRAIN BURST就是一款對戰格鬥遊戲，而我們連進這個世界，也就是為了對戰……」

春雪將自身的國語能力發揮到極致才勉強說出這幾句話，黑雪公主聽了後，抬起低垂的面罩，以半鏡面護目鏡下發光的藍紫色鏡頭眼正視春雪。

「嗯……——是啊，你說得對。」

她點點頭，像要鼓舞自己似的，用右腳腳尖擊響地板石材，將苗條的身軀挺得筆直。灑落在地的蒼白月光，透進她一身通透的鋼琴黑裝甲內，讓整個虛擬身體微微發出光芒。

他們兩人是在阿佐谷的醫院屋頂加速，所以來到對戰空間後也維持在同樣的座標上，但眼底的光景已經迥然不同。建築物全都換成了有著哥德風裝飾的白色石造建築，天空染上偏藍的黑色，頭上掛著一輪大得無以復加的滿月。這「月光」空間在加速世界的多種空間屬性之中美得鶴立雞群，而且又沒有刁鑽的地形效果或小型生物，可說是最適合用來談話的地方。由於他們是以直連方式對戰，四周當然沒有觀眾。

「……用來對戰的場地，以及用來對戰的對戰虛擬角色。我的師父就是一個比任何人都更徹底體現出這單純概念的超頻連線者。」

黑雪公主仍和春雪四目相對，平靜地再度開始述說：

「而我也希望當個這樣的超頻連線者，將Black Lotus練成了專攻一對一肉搏戰的角色。這不只是因為師父要我這麼練，同時也是因為我感覺到這個虛擬角色自己這麼希望。」

「虛擬角色自己……這麼希望……？」

春雪當上超頻連線者以來，從不曾想過這樣的念頭，微微睜大眼睛複誦這句話。黑雪公主見狀，透出微笑的神情點頭表示肯定：

「沒錯。對戰虛擬角色和我們超頻連線者是一體兩面……我以前曾說這Lotus『醜陋到了極點』，但我這麼說，不只是討厭自己的虛擬角色，同時更是因為體現出『切斷』的這醜陋模樣，實實在在就是我自己。春雪，你呢？你和Silver Crow一起打到升上2級，應該差不多開始能夠聽見它說什麼了吧？」

被唐突地問到這個問題，春雪忍不住低頭看看自己的雙手。覆蓋在銀色裝甲內的手指十分纖細，與格鬥型該有的強而有力感相距甚遠。

春雪成為超頻連線者後的第一次對戰中，看到廢棄大樓的玻璃窗上映出的這個虛擬角色時，忍不住覺得「像個小兵」。不，即使是現在，他的這種印象也並未消散，但要是有人說願意用不同造型的虛擬角色跟他交換Crow，他多半會拒絕。不是因為練出了獨一無二的「飛行」特殊能力，而是認為這個腦袋光溜溜的金屬色角色就是自己的這種意識，已經不知不覺間在他心中牢牢紮了根。

「呃……說的話是還沒聽見，不過我也不討厭這玩意兒。因為Crow是從我的心中塑造出來……誕生出來的虛擬角色。」

春雪用力握緊前端尖銳的手指這麼一說，黑雪公主就莫名顯得十分高興，連點了兩三次頭後說道：

「嗯，是啊，你說得對。你剛剛說的這句話，就是對戰虛擬角色成長的出發點，千萬不要忘記……好了，那就在這樣的認知上，我們也差不多開始了吧？」

「咦？開始……？開始什麼？」

「……我說你喔，加速前我不是說過要用劍交心了嗎？」

黑雪公主拿他沒轍似的搖搖頭，從白堊椅子上迅速起身，視線往上一瞥。

「剩下十分鐘啊，不過應該夠了吧。」

「……夠……夠了？夠做什麼……？」

春雪還不認命地繼續問，卻有個東西穩穩抵上他喉頭，是一把劍尖鋒利得令人看不清楚的漆黑長劍。春雪忍不住後仰上身，發出沙啞的驚呼聲：

「……學……學姊，該不會，是要跟我……對對對對戰……」

「呵呵，我是很想跟你打一場，但現在等級差距未免太大了。一對一對戰的樂趣，我就留到你將來有了更大的成長之後再來享受吧。」

黑雪公主以含笑的聲調這麼一回答，就將劍刃從鬆了一口氣的春雪眼前微微抽回，接著說道：

「以大前提而言，對戰虛擬角色的練法沒有唯一的正確答案。要往兼備遠／近／間接等多方面能力的萬能型發展，還是像我和我師父一樣專精一種能力……最終還是要由你自己來選擇。我叫你選哪一種升級獎勵是很簡單，但我還是希望由你自己去感覺出來。感覺Silver Crow想要什麼，又想走在什麼樣的路上。」

「這虛擬角色……想要什麼……？」

「沒錯。這同時也是藏在你內心深處的，屬於你自己的渴望……好了，春雪，站起來。」

黑雪公主說話的聲調一反常態地溫和，讓春雪不由自主地受到吸引，從這臨時削製成的白色椅子上起身。他正要走近一步，黑雪公主反而揮手要他退開，同時自己也以浮游移動退到後方，等雙方拉開足足十公尺的距離後——

「那麼……Silver Crow，我要上了！拿出你的渾身解數化解我這一劍！」

她轟雷般的熾烈喝叱迴盪在靜謐的空間中，令人想問剛剛那溫和的話語是怎麼回事。藍紫色的雙眼發出強烈的光芒，左右雙劍迅速往斜後方拉開，苗條的虛擬身體微往前傾。沉重的衝擊從她腳尖發出，讓醫院屋頂竄出放射狀的裂痕，緊接著猛然往前衝刺，彷彿成了從巨大長弓射出的黑曜石箭頭。春雪甚至來不及眨眼，黑之王的身影就進逼到他面前。

當她高舉右手劍開始做出揮砍動作，春雪也才總算把意識切換過來。就在一種所有聲響都漸漸轉為低沉的感覺中，時間變得稍稍慢了一些。但Black Lotus這一劍仍有著極為驚人的速度，銳利至極的刀刃轉眼間就直逼眼前。

如果Silver Crow有遠程攻擊型的必殺技，又或者是擁有類似功能的強化外裝，相信也可以在被逼近到這個地步之前，就先做出牽制射擊。例如說，換成是他好友拓武的虛擬角色Cyan Pile，應該就已經用從胸部射出許多針型飛彈的必殺技「飛針四射(Splash Stinger)」阻止Lotus接近。

但現在的Crow沒有任何遠程攻擊。雖然升級獎勵的選項中有，但並無法在實際取得之前試用。

從這種狀況下，他能做的就是利用金屬色角色最大特徵所在的金屬裝甲來防禦。黑雪公主的確說過，說金屬色虛擬角色對切斷與貫穿屬性的攻擊都有著較高的抗性。

那麼只要用鎧甲護手狀的雙手牢牢架在身前，應該就有辦法格擋住。春雪雖是才剛升上2級的菜鳥，但以往打過的許多對戰虛擬角色之中，就從未有人能用劍劈開Crow的手臂裝甲。

春雪瞬間思考到這裡，雙腳牢牢踏穩，接著就將雙手舉到身前交叉。即使看到Crow牢固的防禦架式，Lotus仍不改變這一劍的軌道，始終要從正上方筆直往下劈。

——就是現在…………防禦！

接觸到劍刃的瞬間，春雪把全身力氣都灌注到雙手上，準備因應衝擊。

然而──

春雪並未感受到任何聲響、壓力或其他衝擊，只看到視野角落微微竄過橘色的火花。一個難以置信的現象，在他瞪大的雙眼注視下進行。

薄薄的漆黑刀刃幾乎不受到任何阻力，不斷切開厚實的銀色裝甲。

這幅光景很沒有真實性，就好像雙方的「命中判定」憑空消失了似的。但雙手上竄過的冰涼感觸，以及視野左上方開始減少的體力計量表，都是確切的現實。要是就這麼格擋下去，轉眼間雙手……不，是Silver Crow的整個身體都會被一刀兩斷。

「嗚……！」

春雪憋著一口氣，使勁讓身體往後倒。但這個動作的速度自然快不過揮劍的速度。劍刃轉眼間就劈開裝甲，接觸到裝甲內的虛擬身體。或許是因為劍刃太過鋒銳，甚至並未產生痛覺。

──這就是9級……專攻近戰型虛擬角色的實力。

──根本不可能格擋……學姊應該從一開始就知道……那學姊又為什麼會要我擋住這一劍呢……

春雪在灰心中想到這裡時，才總算想了起來。

黑雪公主並未要他「擋住」攻擊，而是要他「化解」。這也就表示，現在的Silver Crow也有能力化解這一劍。

既然這樣……就只會有一個可能。

「唔……喔……！」

春雪把身體傾得更斜，張開了裝備在Silver Crow背上的極薄金屬翼片……也就是翅膀。

劍刃已經砍到雙臂中心，劍尖更已經砍進Crow的頭盔左側面。要是現在用翅膀往前或往上飛，無異於自己主動把虛擬角色迎上去讓她一刀兩斷。

春雪過去都只將背上的翅膀……只把「飛行」特殊能力，用來進行衝刺、上升與俯衝……也就是只用來前進。說得更精確一點，他一直以為翅膀沒有別的用法。然而Crow的金屬翅膀，並不像鳥類那樣是用拍動的方式來飛行，而是以高頻率振動極薄的翼片，藉此拍打空氣來得到推力。

既然如此——那應該就有辦法。有辦法從靜止狀態，往正後方飛行。

「……………飛啊！」

春雪彎曲雙腳，從上身往後倒的姿勢用力振動翅膀。

Lotus被突然產生的氣流一撞，揮劍的速度微微一慢。春雪不放過這唯一的機會，用力往地上一蹬。

轟一聲爆炸似的音效響起，Silver Crow以像是被巨人的手拍到似的勢頭往後飛翔……說飛翔還不如說是被震飛。漆黑的刀刃拖出火花軌跡，從他的手中抽出。儘管脫離了被劈成兩半的危機，但做出不習慣的機動，讓春雪轉眼間就失去平衡，雙腳好幾次擦到地面，總算驚險地起飛。等到他在蒼白的滿月背景下，上升到十公尺以上的高度，這才轉為懸停。

「……………吁，吁吁……………」

春雪呼出長長一口氣，往下一看，就和已經放下劍的黑雪公主目光交會。

她的視線十分平靜而滿足，彷彿先前的殺氣只是幻覺。她點點頭，朝上空的春雪喊說：

「春雪，你長進了！」

春雪知道自己算是「化解」成功，再度鬆了一口氣，慢慢下降。他在黑雪公主身前降落後，仔細看了看雙手裝甲的傷痕。裝甲上的切口極為完美，完美得令人覺得換成是現實世界，不管用上任何工具都切不出來。微微可以看見的斷面，就像鏡子一樣光亮。

「真虧你能在那一瞬間，看出我的劍『不能防禦』，而且之後的對應速度也很了不起。」

黑雪公主一臉若無其事的表情說出這樣的感想，讓春雪抬起頭後，忍不住說出有點像是在發牢騷的話：

「要是學姊先告訴我，我從一開始就不會想格擋了……」

「這樣不就失去指導的意義了嗎？」

黑雪公主短短地笑了幾聲，挺直腰桿說道：

「好了，如何……可有聽見Crow說了什麼？」

「呃，呃……感覺，好像是有……啦……」

難得進行實技指導，春雪卻回答得很含糊，但做師父的並不生氣，只緩緩點了點頭。

「不用擔心，既然你做得出剛剛那種動作，答案就已經在你心中了。你只要任由心之所向，率真地去培養這個虛擬角色就行了。」

說完她就迅速操作系統選單。春雪視野中出現申請平手的視窗，在按下ＯＫ按鈕之前先握住雙拳，深深對她一鞠躬並說：「謝謝學姊！」

春雪和黑雪公主在醫院最高樓層的電梯前分開，為了回家而走向高圓寺的方向，途中一直在腦中反覆播放對戰即將結束前聽到的那句話。

——率真地去培養這個虛擬角色就行了

當時他對此用力點了點頭，但坦白說，他心中仍然有著迷惘。

雖說剛才他在月光空間裡，驚險地對黑之王那無法防禦的一劍做出對應，但若Crow有著像Cyan Pile那樣的遠程必殺技，說不定一開始就能阻止她的衝刺。而現在隨時都可以選擇的四種升級獎勵當中，就有著一項叫作「Radial Shot」的必殺技，是從手臂裝甲放射狀射出三根金屬箭。

由於相關資訊就只有簡短的說明文與單純的剪影動畫，不實際選擇看看，就不會知道對戰中用起來會是什麼情形。但對先前一直以赤手空拳戰鬥的春雪而言，「遠程攻擊」的確是他很嚮往的能力。只要有了這招，就可以名符其實地對那些從遠處愛怎麼開火就怎麼開火的紅色系虛擬角色報一箭……不，應該是三箭之仇。

而且黑雪公主不也說過嗎？說要選擇最渴望的能力。

「…………嗯嗯嗯～……」

春雪一邊行走，一邊和幾十分鐘前一樣沉吟不已，然後在虛擬桌面上打開了BRAIN BURST的主控畫面，再切換到已經看得非常眼熟的獎勵選擇畫面上。

四種獎勵當中的左上，是在地上滑行衝刺來縮短距離，然後以高速連續出拳的近戰型必殺技「Rapid Knuckle」；右上是緊緊抓住他的心不放的「Radial Shot」；左下是增加軀幹部位防禦力的強化外裝「Hard Armor」，而右下則是強化既有的「飛行」特殊能力性能。

強化外裝不是武器，所以他不覺得有什麼吸引力，而且強化特殊能力也總覺得不起眼。既然要選，就該選必殺技，而這兩種當中又以遠程攻擊更好……他的思考不斷被帶往這個方向。

「……而且難得升上2級，一直不拿升級獎勵繼續打也很浪費啊……」

春雪在中央線高架鐵路下碰到紅燈，小聲這麼自言自語，手指伸向視窗右上方。

「好，就決定是這個了！仔細想想，遠程攻擊加上飛行，明明就是最強的組合嘛。我就要用這一招連戰連勝，在學姊出院前升上3級！」

春雪下意識說出這番硬要逼自己信服的話，將顫抖的手指伸向「Radial Shot」的按鈕。

但手指硬是在幾公分前停住。腦子裡明明已經決心要按這個按鈕，卻像挨了會癱瘓行動的妨礙攻擊似的，身體就是不聽使喚。

「……………呼……………」

春雪心想優柔寡斷也該有個限度，嘆了一口對自己幻滅的氣，決定這次也暫且不選獎勵，朝道路對面瞥了一眼。行人用號誌的紅燈旁邊，以擴增實境顯示出等待時間是十二秒。很夠了。

「超頻連線。」

春雪一說出這個指令，就聽到啪一聲耳熟的加速聲響，同時世界凍結成藍色。春雪以粉紅豬虛擬角色的身影下到起始加速空間後，將仍然開啟的主控畫面切換到對戰名單。

經過只顯示了一瞬間的搜尋後，名單上立刻列出將近十名超頻連線者的名字。春雪現在所在的杉並戰區本來有很長一段時間一直是中立戰區，但隨著黑之王Black Lotus回歸加速世界，新生黑暗星雲已經宣告這裡為軍團領土。

團員在所屬軍團所占領的領土內享有特權，可以拒絕其他超頻連線者的「挑戰」。因此只要待在領土內，就可以只挑自己能占到上風的對手來打。

但春雪從上到下看完名單後，卻將豬型虛擬角色的右手伸向其中唯一一個第一次看到的名字。這次和剛才不一樣，並未在快要按到時停手，黑色的蹄就這麼碰到了名單，接著更啪的一聲敲下立刻出現的【DUEL】。

——這次我一定要在這一場裡看清楚。看清楚我……還有Silver Crow，渴望什麼樣的能力。

春雪在心中強而有力地這麼告訴自己，委身於變身為對戰虛擬角色的特效當中。

4

今天來到的第二個正規對戰空間，和「月光」大異其趣，是有著濃厚荒廢色彩的「風化」空間。四周的建築物全都變了樣，從腐朽的水泥變成滿是紅鏽的鋼筋都已經外露的廢墟，很煞風景。路面也有細小的裂痕，吹個不停的風掀起了一道道塵沙的漣漪。

但只有天空是那麼美麗。清澈的天藍色，體現出人類從這顆行星上消失後所帶來的乾澀純淨。

春雪一瞬間看著天空的藍色看得出神，隨後眨了眨眼睛，查看視野右上方的體力計量表。上面顯示的名字是【Jade Jailer】，等級和他同樣是2級。

「Jade……應該是翡翠吧。也就是說，是綠色系的對手啊。Jailer是……監獄的人？意思是囚犯嗎……？」

很遺憾的，憑國中一年級生……或者應該說憑春雪的英語能力，頂多只能分析到這裡。而BRAIN BURST從系統上就全都以英文標記，所以英文成績對超頻連線者而言是相當重要的能力，但這終究不是一朝一夕就能夠學好。只是和拓武搭檔時，幾乎所有英文他都能立刻幫忙翻譯出來，所以春雪也的確有著忍不住依賴他的一面。

不管怎麼說，只要直接看到對手，應該就能搞懂「Jailer」的意思。浮現在視野正中央的導向游標指向幾乎正東的方向，而方位指針之所以微幅震動，則證明了對手正直線接近過來。

「……在這個地形下可以直線移動？這裡是住宅區，應該沒什麼直線的大馬路才對……」

春雪喃喃說出這句話，接著立刻猜到是怎麼回事。對方並不是沿著道路移動。春雪接連破壞幾個附近的水泥塊，累積了必殺技計量表後，用翅膀垂直起跳，跳上了頭頂上東西橫貫的直線結構物——也就是中央線的高架鐵路。

支撐鐵軌的無道碴軌床也同樣滿是裂痕，但只有上面鋪的鐵軌有著朦朧的鋼鐵光澤。雖然情形會隨空間屬性而異，但只要有像樣的鐵軌，幾乎都會有電車從戰區界線外開來。當然這屬於稀有事件，一場對戰裡未必能碰到一次，但一旦被電車撞到，保證會受到重大損傷。春雪迅速查看前後，但現在連電車的影子都沒看到。

但相對的，他看到一個人影從高圓寺車站的方向高速接近，想來當然就是這場對戰的對手Jade Jailer。隨著雙方的距離漸漸縮短，又有幾個人影出現在能俯瞰高架鐵路的大樓屋頂上。是開啟戰場追隨模式的觀眾被傳送到了這裡。

現在不是看旁邊的時候，但春雪仍然忍不住看了一眼觀眾裡有些什麼人。拓武還在新宿區的學校參加社團活動，所以當然不在場，但連才分開沒多久的黑雪公主——Black Lotus的身影也沒看見。

黑雪公主還在住院，當然不會二十四小時都打開自動觀戰，但春雪還是忍不住覺得有些無助，接著才喝叱自己。這場對戰是為了看清楚自己該選哪條路而打，無論「上輩」在或不在，他該做的就只有竭盡全力應戰。

春雪用力握緊雙拳，將視線拉回正面，結果對手正好就在這時維持十公尺左右的距離，把腳步停在兩條鐵軌之間。

如果敵人的顏色名稱屬於「遠攻的紅色」，春雪不會老老實實上到高架上，而是會從四周的大樓跳下來展開奇襲，但既然對手屬於「防禦的綠色」，會受到遠程攻擊的可能性就很低——而他的這個預測並未猜錯，對手似乎並未持有槍砲或弓箭等武器。

但話說回來，這人似乎也不像春雪那樣，完全是赤手空拳，雙手都有著很特殊的形狀。這人手上沒有五根手指，而是有著直徑約五十公分的巨大輪圈。這種輪圈薄得像螺絲墊圈，但邊緣似乎不是刀刃。包括輪圈在內，全身的裝甲顏色都名符其實，有著翡翠的綠色。

但最大的特徵，還是在於一條連接右腕與左腕的粗鐵鍊。這條鐵鍊的長度約有兩公尺長，幾乎垂到腳邊。有這樣的長度，想來應該不至於妨礙到攻擊動作，但仍讓人強烈覺得這個人的行動受到束縛。

……看來「Jailer」果然是囚犯的意思？

春雪內心這麼想，同時很有禮貌地一鞠躬。

「呃，你好，我是『黑暗星雲』團員Silver Crow。冒昧找你挑戰，還請多多指教！」

對手也是2級，菜鳥度應該沒有太大的差別，但春雪還是站在挑起對戰一方的立場先打聲招呼，就看到對方也弄響雙手鐵鍊回答：

「……『長城』旗下，Jade Jailer是也。」

…………是也？

春雪先皺起眉頭，接著才想到該在意的不是這個環節。綠之王的軍團「長城」，有著從澀谷橫跨目黑的廣大領土，是全加速世界規模最大的軍團之一。澀谷和杉並雖然相鄰，但長城的團員應該幾乎從未闖進高圓寺這一帶。

Jailer彷彿看穿了春雪的心思，搖了搖他那像是戴著斗笠的頭。

「不必為了挑戰道歉是也。在下之所以來到杉並藩，就是為了和閣下交手。由於在下無法挑戰，能由閣下挑戰，實是萬幸。」

…………在下？杉並藩？

春雪的心思再度被台詞中的細節吸引過去，但還是再度低頭回答：

「這……這可多禮了，感謝閣……閣下遠道而來。」

「哪裡哪裡，不需道謝。畢竟在下……」

Jailer說到這裡，唰的一聲將右手輪圈指向春雪，大聲說道：

「……要將閣下寫進捕物帖的最新一頁是也！」

「……捕……捕物帖？」

春雪正暗自納悶那是什麼東西，左右兩方的大樓屋頂就傳來歡呼聲。

「好啊，捕快Jade之介！」

「這烏鴉可沒這麼容易繩之以法呀！」

從觀眾的情形看來，Jailer在澀谷戰區一帶似乎相當出名。但若要比名頭響亮，如今Silver Crow更是威名遠播到東京的另一頭，聽說是這樣。

——也不想想自己是個帶鎖的囚犯，還自以為逮得住我？……有本事儘管來！

春雪只在內心回得充滿氣勢，身體則配合對方動作擺好架式。

「那麼，我要開始了！」

「堂堂正正一決勝負是也！」

就在雙方的喊聲在中間點激盪出小小火花的瞬間，兩人同時動了。

春雪對Jailer的打鬥方式與能力完全不知情，但看這樣子，至少屬於近戰型這點是錯不了的，而對方也直線衝了過來。

……這種時候如果能有「Radial Shot」之類的遠程必殺技，就可以先轟個一發牽制，試出對方的動向了。

春雪揮開腦海中陰魂不散的這些念頭，專心注意敵人的武器——雙手的輪圈。輪圈上沒有刀刃，這也就表示攻擊屬性不是切割而是打擊，但這對身為金屬色角色的Crow來說反而更有威脅性。採取閃避(Evade)應該會比格擋(Guard)來得明智。

「看我的！」

右手輪圈隨著這聲呼喊，從正上方劈下來，春雪挪動一小步閃開。緊接著……

「來喔！」

這次換左手輪圈以水平軌道揮來，對此春雪則以跳躍閃開。但這似乎正中敵人下懷，Jailer遞出第三招——將雙手間的鎖鍊從正面畫出一道弧線甩來。

以常理而論，「跳躍中遇到敵人使出對空攻擊」，就只能採取防禦架式，但只有春雪在跳躍中仍能改變軌道。他以背上的翅膀，短短做出一次剛才與黑雪公主對戰時才剛學會的背向推進，讓跳躍動作在空中停住。

鎖鍊從眼前甩過，空虛地砸在無道碴水泥軌床後，春雪再度展開攻擊。他從空中使出一記右旋踢，踢中Jailer的左肩。

鏗一聲堅硬的聲響響起，對方的體力計量表減少五%有餘。明明踢個正著，卻只減少這麼點體力，看來對方的防禦力果然相當高。要在格鬥戰中搶占上風，多半得命中相當多招。

……要是這種時候，至少有「Rapid Knuckle」之類的連打型必殺技就好了。

……不對，我要想這些想到幾時！要專心戰鬥！

春雪一邊喝叱自己，一邊利用這一踢的反作用力來個後空翻，拉開一大段距離著地。眼前至少先贏了第一招，但這樣一來，對方應該也了解到了Crow的打鬥方式。接下來的勝負就取決於誰的戰法更多。

Jailer多半也想到了同一個念頭，他拉響雙手間的鐵鍊，起身大喊：

「原來如此，身手果然俐落！比格鬥似乎是在下不利，因此在下要立刻動用祕招了！」

「請……請便！別客氣！」

春雪回答之餘，往敵方的必殺技計量表瞥了一眼。包括對方事前所集，以及剛才被踢中那一腳，合計起來已經累積到半條以上。

Jailer雙手往前直伸，鎖鍊軟軟垂下。接著他手腕一翻，將鎖鍊往上一揮，隨即喊出招式名稱：

「鎖鍊跳步（Skipping Chain）！」

——啊，必殺技的名稱終究是英文啊。

春雪剛想到這個念頭，立刻又被敵人的動作震驚得瞪大雙眼。

Jailer將發出綠色光芒的鎖鍊往腳邊一砸，立刻以一個小跳躍跳過鎖鍊。鎖鍊從後方繞到頭上，再度揮向地面。就在鎖鍊啪一聲打在水泥地上的同時，他又跳了起來。Jailer把同樣的動作重複做了三、四次。

這說穿了就是春雪非常不拿手的「跳繩」，不，應該是「跳鍊」。春雪還看得啞口無言，Jailer跳躍的頻率也在轉眼間變得愈來愈快，就在「啪、啪」的打擊聲響提升為「啪啪啪啪」連響的下一瞬間——

Jailer化為一個發出綠色光芒的球體，一路在軌床上刻下淺淺的軌跡，直線朝春雪衝來。

「哇……哇啊啊！」

春雪趕緊往右後方跳開，但跳繩球體也改變軌道跟來。鎖鍊打在鋼鐵的鐵軌上，濺出大量紅色火花。從招式性質來看，即使用雙手格擋，應該也會被硬削掉很多ＨＰ。儘管有點沒出息，但這時還是只能先以「飛行」退避到上空。

「嗚……！」

春雪蹬地一跳，同時振動翅膀。發生的推力將身體猛力拉起，筆直往空中垂直上升……

「閣下上當矣！」

……就在即將飛到上空之際，球體在這聲呼喊中猛然跳起。彷彿是以高速旋轉的鎖鍊發生某種推進力，球體轉眼間就逼到已經從鐵軌上飛起三公尺的春雪身前。就在Crow的腳尖碰到發出綠光的球體那一瞬間……

「嗚哇啊啊！」

鎖鍊勾住腳踝，以不容抗拒的力道將春雪往地面擊落。儘管靠著最後的升力避免了撞在軌床上的情形，卻整個人躺到了地上。這時繼續旋轉的鎖鍊球從上空往下壓來，要是被壓個正著，這次真的有可能讓體力計量表被消磨殆盡。

但所幸Jailer的必殺技計量表就在這時用完。跳繩狀態隨即解除，在空中露出了虛擬角色。

——好機會！

春雪迅速起身，等著去抓從往下掉的Jailer雙腕垂下來的鎖鍊。只要抓住鎖鍊再度起飛，一路拖到高空去，肯定會是春雪獲勝。無論綠色系角色多耐打，都承受不了從地上一百公尺摔下去的損傷。

「我贏啦——！」

春雪大喊之餘，伸出右手牢牢抓住鎖鍊。就在同時……

「想得美——！」

Jailer也將右手輪圈往下揮來。這樣的距離下躲不開，但Crow也是個金屬色角色，一招普通攻擊總還承受得住。春雪腹部用力，準備承受衝擊，輪圈就往他身上橫掃而來。

但幾乎完全感受不到預料中的衝擊。

因為輪圈的左半截以藏在頂點的樞軸為軸心往內側滑動，順勢轉了一整圈，繞到春雪背後，隨即發出喀嚓一聲尖銳的聲響，再度變回輪圈。也就是說，春雪的軀幹已經落入Jailer右手的輪圈內部。

「——束手就擒是也！」

Jailer的高聲呼喊，聽來簡直像是勝利宣言，但剛才這個動作並未讓春雪的體力計量表減少任何一個像素的長度。春雪不理會眼前的現象就想起飛，但Jailer又做出了出乎他意料之外的行動。

他一著地，接著就將左手輪圈砸在腳下的鐵軌上。輪圈擊碎脆弱的水泥軌床之餘，發生和先前一樣的情形，半截輪圈旋轉一圈，再度接上。這個輪圈是把鐵軌圈了進去。

春雪看不出Jailer右手圈住春雪，左手圈住鐵軌的意圖何在，一瞬間猶豫著不知道該怎麼辦。但真正驚人的，是隨後發生的現象。

Jailer雙手的輪圈發出金屬互碰的悶響，從手腕上分開。

失去雙手的翡翠色虛擬角色往後方跳開一大步，拉開距離。只剩下圈住春雪軀幹的輪圈與圈住鐵軌的輪圈，以及那條連接兩個輪圈的兩公尺鐵鍊……

「嗚……………」

到了這個時候，春雪才為時已晚地領悟到Jailer那極具特色的雙手是怎麼回事。

那不是打擊武器，而是巨大的「手銬」。

而「Jailer」的意思也不是囚犯……而是「獄卒」。

「拿下Silver Crow了是也！」

Jade Jailer將缺了手腕以下部分的雙手牢牢環抱在胸前，大聲這麼宣告，鐵軌兩旁的大樓就傳來觀眾的吆喝聲。

「好啊，漂亮，Jade之介！」

「唉~黑暗星雲的烏鴉也束手就擒啦？不過也是啦，第一次碰到時真的應付不了那招。」

「烏鴉小子，下次可別被逮捕啦！」

……聽觀眾與對手的口氣，彷彿都覺得勝負已經就此定案。

但雙方體力計量表減少的程度差不多，而剩下的時間還有十五分鐘。

「……還早呢！就憑這手銬，我馬上逃獄給你看！」

春雪大喊一聲，用雙手抓住從圈在身上的輪圈垂下的鎖鍊。他將這另一頭接在鐵軌上的鎖鍊用力一拉，立刻拉得鎖鍊繃緊。

「唔……唔喔喔喔喔……！」

他卯足全身的力氣持續拉，但翡翠色的鎖鍊文風不動。Jailer從離了五公尺遠的地方，搖了搖他那斗笠狀的頭。

「白費力氣是也。這鎖鍊連藍之團的Frost Horn都扯不斷是也。」

「咦……真……真的假的……」

Frost Horn是個以衝刺力與臂力自豪的超近戰型虛擬角色，純就力氣而言，應該遠在Crow之上。

「既……既然這樣……！」

春雪改以右拳打在拉撐的鎖鍊上，但仍然打不出什麼損傷。接著他又讓鎖鍊垂到軌床上，用腳連連踩踏，但結果還是一樣。

春雪想到既然鎖鍊弄不斷，那麼只要破壞固定另一邊手銬的鐵軌就好。於是他猛力朝鋼鐵製的鐵軌一踹，沒想到反而受到了些微的損傷。從這種感覺來判斷，鐵軌多半是無法破壞的物件。

春雪遷怒地心想為什麼要把鐵軌保護到這個地步——緊接著卻轉為戰慄。

鐵軌被列為不能破壞物件的理由再明確不過，因為有電車會從鐵軌上開過。一想到這裡，Jailer之所以選擇高架鐵軌作為戰場的理由，以及將春雪銬在鐵軌上的理由自然也都揭曉了。

當然就是為了讓Silver Crow被電車撞。

「看樣子閣下總算發現了是也。但為時已晚了是也。」

聽到他這麼說，春雪抬起頭來，看到Jailer左手朝新宿方向一指。風化空間的沙塵後，可以看見有一道光微微閃爍……那無疑是電車的車頭燈。

「嗚……………！」

春雪咬緊牙關，再度拉撐鎖鍊，但憑Crow的力氣拉不斷鎖鍊，這點早已驗證無誤。細小的震動沿著拉撐的鎖鍊傳到手上，接著更聽到喀噹喀噹的沉重金屬聲響。

……沒望了嗎？我只能就這麼被電車撞死了嗎？要是Crow也有遠程攻擊，即使陷入這個狀況，還是可以攻擊Jailer啊。

……不對，我白痴啊！就算我有遠程攻擊，Jailer也只要躲到打不到的死角就好了。我之所以會打輸，原因是在更本質的層面上。Jade Jailer這個虛擬角色專精「抓住敵人並加以固定」的能力，而他的戰法也只考慮如何將這種能力發揮到極致。這正是單一專精型虛擬角色的優勢所在——

「…………還沒呢……還沒結束！」

春雪這句話有一半是朝自己吼的。

他放開握住的鎖鍊，瞪向正上方。如果Jailer專精「捕獲」，那Crow就是專精「飛行」。即使無法靠力氣或攻擊力破壞鎖鍊，他也還有一種能力並未嘗試。

「給我……上啊！」

他握住拳頭，讓雙翼全力發出推力。Crow的身體以火箭般的勢頭離地，但緊接著就鏗的一聲被固定在空中。只有短短兩公尺的鎖鍊拉得筆直，被輪圈固定的Crow軀幹與鐵軌都濺出橘色的火花。

「唔……喔……喔喔……！」

春雪雙手筆直往上伸，卯足全力振動翅膀。也不知道這金屬彎折聲是來自鎖鍊、鐵軌，還是Crow的身體。

沒過多久，背上的裝甲抵禦不住壓力，輪圈開始陷進身體，同時體力計量表也開始減少，但春雪不予理會，持續以全力上升。電車已經接近到能夠看清楚無人駕駛座的距離。這列電車是以程式自動駕駛，哪怕鐵軌上有異物存在，仍然沒有要減速的跡象。

就在這時——

春雪聽見小小的龜裂聲，同時右側——也就是Jailer的體力計量表微微減少。

春雪在幾乎要燒掉的腦子裡納悶這是為什麼，隨即注意到原因。這手銬不是強化外裝，而是Jailer的手，是他身體的一部份。而他的體力計量表會減少——也就意味著鎖鍊開始受到了損傷。

「唔……喔……喔喔啊啊啊——！」

春雪大聲呼喊，卯足剩下的最後一絲力氣。

距離被電車撞到大約是二十秒，距離必殺技計量表耗盡則還有十五秒。但這些盤算也都被春雪從意識中掃出去，視野中只剩天空的藍。

天空。我想飛往那片天空，飛得愈高愈好。

……啊……原來如此……

……我實在太笨了。我，還有Silver Crow渴望什麼，早在我當上超頻連線者時……

不，在更早之前，我就再清楚不過了。

遠程攻擊或連打攻擊這種東西，Crow都不需要。因為我待在這個世界，並不是只為了打贏。有種更重要，更暢快，更由衷渴望的事物——

那就是飛行。

春雪下意識動了動伸出的左手。他碰了碰體力計量表，叫出系統選單，然後……

有著長滿紅鏽的鋼板作為裝甲的電車，在轟隆巨響中開過。

電車即將開過之際，發出鏗一聲堅硬的破壞聲響。

一根銀色的箭，從地上朝著蔚藍清澈的天空高高飛起。

5

黑之王Black Lotus——黑雪公主，從距離其他觀眾有一小段距離的大樓屋頂，看著戰場上的情形。

原來她猜出春雪這個「下輩」的行動，在回到病房的同時就開啟了自動觀戰模式。只是由於關掉了戰場追隨功能，也就必須自行移動。

四截車廂的電車開過Silver Crow被銬住的位置後，Crow的體力計量表仍然存在，讓觀眾開始喧嘩。對手Jade Jailer也四處張望，但鐵軌上只剩下手銬的其中一個輪圈，以及斷掉的半截鎖鍊橫在那兒。

但沒過多久，他們注意到了。

注意到上空遙遠的高處，閃爍著銀色光輝飛舞的白銀鴉。黑雪公主也聽見了這些驚愕的呼喊。

「他……他是怎麼弄斷鎖鍊的！之前不是根本弄不斷嗎？」

「好……好像是突然加速……就像點燃推進器那樣……」

「我看到了，那小子在電車快要開到的時候，是不是動了一下系統選單？」

「就算是這樣，也不會突然加強吧……畢竟他又不可能有強化外裝，而且如果真是強化外裝，用語音指令就叫得出來了……」

熱烈的議論進行幾秒鐘後，有一個人推理出了真相。Silver Crow是如何得到足以弄斷Jade Jailer的推力呢？

「啊……啊，啊……！我知道了！那小子……那個烏鴉小子，是在對戰中選擇了升級獎勵……他強化了飛行特殊能力！」

不單是其他觀眾，連Jade Jailer都茫然呆站在原地，Crow則反射閃耀的陽光做出迴旋。他挺直尖銳的腳尖，在藍天下拖出一條火焰軌跡俯衝而下的模樣，正如一顆白晝的流星。

「…………怎麼樣？Maiden、Current、Raker，還有Graph。你們可看得見……」

黑雪公主瞇起鏡頭眼，輕聲自言自語。

「那就是我挑上的『下輩』。我的雙劍劈不開的門，相信他的雙翼一定能夠打開。他一定能夠飛到我們去不了的地方。我……相信他做得到。」

（完）

後記

好久不見，我是川原礫。謝謝各位讀者看完本集《加速世界17 星之搖籃》。

首先我要為從16集上市後整整空出八個月的間隔這件事道歉（註：此指日版出版時間）。我的確在出其他書，但同時也是因為有各式各樣的大宇宙之力影響……這集也老實不客氣以「待續」結束，所以我希望能夠盡快將下一集送到各位讀者手中！

另外還有一件事也請讓我解釋。這本第17集的正傳後頭，收錄了一篇叫作〈黑色雙劍、銀色雙翼〉的短篇作品。這是我當初特地為了提供電視版動畫加速世界的BD與DVD作為第一集特典而寫的作品，但內容當中有許多部分都可以作為這第17集的地基，我就想到拿來和正傳一起看會更有意思，所以就採取這樣的方式進行收錄。謹在此對爽快答應收錄的各位相關人士致謝。同時也要對買下BD或DVD的各位讀者由衷道謝！謝謝大家的支持與愛護！

再多聊一些正傳的內容吧。在這一集裡出現了「澀谷拉文廣場」這個名字，是澀谷車站附近的大規模商業設施。其實這是二〇一四年的現在，以六年後開業為目標而正在施工的都市更

Accel World

新計畫，但設施名稱其實尚未確定。最主要的大樓名稱在現階段是叫作「澀谷車站街區東棟」，我就想到將來多半會改叫作更響亮的什麼什麼新城或大樓，也就擅自在加速世界裡把這棟大樓命名為「拉文大樓」，整體設施則命名為「拉文廣場」。如果各位讀者是在二〇二〇年左右才讀到本書，多半會覺得「大樓的名字根本就不是這樣！」但情形就是如此，還請多多包涵。

至於內容方面，在第12集初次登場的Chocolat Puppeteer與她的伙伴，跑來加入黑暗星雲，應該算是相當大的事件吧？雖然她們和春雪尚未在現實世界見過面，但我想遲早會有這樣的進展，所以從現在就滿心期待能趕快寫到Chocolat等人在現實世界中會是什麼模樣。在此也要對應徵「虛擬角色設計比稿大賽」的幾弥なごみ讀者致謝。

然後，這次出書的過程也是Giga maximum的Dengerous，給責任編輯三木先生和插畫HIMA老師添了天大的麻煩。下次我會Tera努力的！

二〇一四年九月某日　川原 礫

是鬧著玩的。」
——「SAO刀劍神域」設計者·茅場晶彥
「要上嘍，亞絲娜！好好抓牢啊！
——蒂爾妮爾號，出發！」
和充滿謎團的黑暗精靈騎士基滋梅爾暫時分別後，
桐人與亞絲娜一同以艾恩葛朗特第四層為目標前進。
封測時代的第四層，是乾涸的峽谷縱橫貫穿大地的「乾涸谷」的樓層。
然而，從第三層的魔王房間登上長階梯，打開了通往下一層的門的兩人
卻被流勢洶湧的河川與峽谷阻撓了去路。
正式營運的第四層，風景一變成為一片廣大的「水路」樓層。
出現在總算抵達了城鎮的兩人面前的，
是漂浮在湖水上的白堊街道以及無數大大小小的貢多拉船。
想在第四層自由地移動，就一定要入手專用的貢多拉船。
桐人和亞絲娜為了獲得船材，前往挑戰
大型火焰獸「大王巨熊·烏姆」——！
而且，要攻略艾恩葛朗特第四層
還有更艱辛的難關正等待著他們……！
系列作全球銷售量突破
1670萬的傳說輕小說！
Online刀劍神域
插畫／abec
原作／川原 礫　角色原案／abec
word Art Online刀劍神域 妖精之舞》全3集（漫畫／葉月翼）
word Art Online刀劍神域 女孩任務》第1集（漫畫／猫猫 猫）
word Art Online刀劍神域 Progressive》第1集（漫畫／比村奇石）
刀劍神域》第1～2集（漫畫／南十字星）
好評發售中!!

「這雖然是遊戲，但可不
Sword Art
「Progressive」系列最新第3集
預計於2015年8月發售!!!
特報!!!
漫畫版《Sword Art Online刀劍神域 幽靈子彈》
預計於2015年7月發售——!!!

©RYOHGO NARITA 2014

Kadokawa Light Novels

無頭騎士異聞錄 DuRaRaRa!! SH 1 待續

Kadokawa Fantastic Novels

作者：成田良悟　插畫：ヤスダスズヒト

日本電擊小說大賞金賞作者，超人氣系列作續作!!
懷抱各種不同思緒的人們，再次掀起池袋的波濤！

DOLLARS瓦解後過了一年半，一波新浪潮又將襲捲池袋——在家鄉被視為「怪物」的三頭池八尋，想利用沒有頭的騎士大撈一筆的琴南久音，姊姊因採訪而失去聯絡的辰神姬香。懷抱各自想法的三人因就讀來良學園而相識，再度引發非日常的生活！

NT$180/HK$55

台灣角川

國家圖書館出版品預行編目資料

加速世界. 17, 星之搖籃 / 川原礫作；邱鍾仁譯. --
初版. -- 臺北市：臺灣角川, 2015.06
　面；　公分

譯自：アクセル.ワールド. 17, 星の揺りかご
ISBN 978-986-366-535-9(平裝)

861.57　　104007386

Kadokawa
Fantastic
Novels

加速世界 17
星之搖籃

（原著名：アクセル・ワールド17　—星の揺りかご—）

2015年6月17日　初版第1刷發行
2022年7月25日　初版第2刷發行

作　　者：川原 礫
插　　畫：HIMA
日版設計：BEE-PEE
譯　　者：邱鍾仁

發 行 人：岩崎剛人
總 編 輯：蔡佩芬
副總編輯：朱哲成
美術設計：吳佳昫
印　　務：李明修（主任）、張加恩（主任）、張凱棋

發 行 所：台灣角川股份有限公司
地　　址：104台北市中山區松江路223號3樓
電　　話：（02）2515-3000
傳　　真：（02）2515-0033
網　　址：www.kadokawa.com.tw
劃撥帳戶：台灣角川股份有限公司
劃撥帳號：19487412
法律顧問：有澤法律事務所
製　　版：尚騰印刷事業有限公司
ＩＳＢＮ：978-986-366-535-9